# 告知

久坂部　羊



幻冬舎文庫

# 告知

# 告　知／目次

# 綿をつめる

車の助手席に置いたバッグで、ふとケータイが鳴った気がした。

ハンドルを握ったまま、左手を伸ばす。

大丈夫。ケータイの着信はない。

いつも幻聴のように着メロが気になるのは、たぶん、わたしの職業病だ。当番のときは二十四時間体制で、患者さんからの電話を受けなければならない。死が近い患者さんがいるときは、ちょっとした騒音やラジオの音にも、反射的にケータイに手が伸びる。

堀《ほり》さんのご主人から連絡があったのは、二十分ほど前の午後九時十五分だった。

「美智江《みちえ》の息が、だんだん弱くなってます」

「わかりました。すぐ行きます」

予想はしていたものの、思ったより早かった。今朝、三沢《みさわ》先生といっしょに診察に行ったときは、まだ血圧が九〇あったのに。

しかし、感傷に浸っているひまはない。わたしはすぐに主治医の三沢先生に堀さんの容態を報《しら》せたあと、続けて言った。

「先生は直接、堀さんの家に行ってください。わたしはクリニックに寄って、カルテと〝お道具箱〟を持って駆けつけますから」

〝お道具箱〟とは、先生が訪問診療に行くときに持っていく注射器や処置器材を入れたボックスのことだ。

堀美智江さん、六十二歳、膵臓《すいぞう》がん、末期。

二カ月前、関東総合病院から紹介されてきた患者だ。紹介状には、『在宅での看取《みと》りを希望されています。よろしくお願いします』とあった。

堀さんは去年、関東総合病院で手術を受けたが、今年の春に腹膜に転移が見つかり、しばらく抗がん剤の点滴を受けていた。しかし効果はなく、もう病院での治療の余地がなくなったので、在宅医療に紹介されてきたのだ。がんの再発は告知されていて、予後についても理解していると、紹介状には書いてあった。つまり、余命があと一、二カ月であることを、本人も知っているということだ。

はじめて堀さんの家に行ったのは、八月末、照りつける太陽が、ひまわりさえ萎《な》えさせるような暑い日だった。

末期がん患者の初診は、看護師のわたしも緊張する。死を間近に控えている人に、どう向き合えばいいのか、慎重かつ周到な準備をしなければならないからだ。なのに、堀さんの家に向かう途中、三沢先生は車の助手席でクーラーに顔を近づけ、のんきに涼んでいた。先生にとってははじめての看取りになるだろうに、わかっているのかと舌打ちしたい気持だった。

わたしが勤務する「あすなろクリニック」では、これまで末期がんの患者さんは、すべて院長の一ノ瀬《いちのせ》先生が診《み》ていた。在宅での看取りは緊急の呼び出しも多いし、家族へのサポートも必要だからだ。堀さんも当然、一ノ瀬先生が主治医になると思っていた。ところが何の気まぐれか、一ノ瀬先生は堀さんを三沢先生に任せたのだ。

三沢先生は四月にクリニックに来たばかりで、年齢はわたしより四歳若い二十八歳。国家試験に合格したあと、大学病院と国立医療センターで三年間研修した内科医で、わたしが言うのもへんだけれど、まだまだ駆け出しだ。人はよさそうだけれど、どことなく頼りない。それでいて妙に一人前の気分でいる。つまり、わたしの見るところ、医師としてかなり不安ということだ。

初診のとき、堀さんは庭に面した十二畳の和室に、布団を敷いて病室にしていた。家は世田谷区喜多見《きたみ》の旧家で、白壁の塀に囲まれた豪勢な日本家屋だった。

「お世話をかけますが、よろしくお願いします」

堀さんは布団の上に正座し、ていねいにお辞儀をした。かなりやせていたが、目には力があった。耳の下で切り揃《そろ》えた髪は真っ黒で、鼻は尖《とが》り、薄い唇には性格の強さが表れていた。こういう人だからこそ、末期がんの告知にも動じなかったのだろう。

横にいたご主人は、優しそうだが養子らしく、なんとなく堀さんに頭が上がらない感じだった。

堀さんは、病気になるまでは地域ボランティアの中心メンバーとして活躍していて、自治会の世話役などもしていたらしい。今はご主人と次女、それに独身の妹の四人で、この広い屋敷に暮らしているとのことだった。

病院からの紹介状を読んだあと、一ノ瀬先生は三沢先生に訊ねた。

「君は腹水穿刺《せんし》はできる？」

「できますよ、もちろん」

腹水穿刺とは、患者の腹部にテフロン針を刺して、腹水を抜く処置のことだ。堀さんはがん性腹膜炎で腹水が溜まり、入院中から定期的に抜いていた。

「じゃあ、堀さんは三沢君にお願いしよう」

そう言ってから、一ノ瀬先生はさりげなくつけ加えた。「病院でするのと患者の家でするのとはちがうから、いろいろ勉強にもなるだろう」

腹水穿刺は初診のときにもする予定だった。三沢先生が診察をしている間、わたしは必要な器具の用意をした。堀さんは上半身は骨が浮き出るほどやせているが、腹部は妊娠八カ月くらいに膨れていた。おそらく、腹水は三リットル以上溜まっているだろう。

三沢先生は堀さんの腹部を露出して消毒した。針を刺すのはヘソの左下の横腹だ。滅菌したゴム手袋をはめ、穿刺用のテフロン針を持ったとき、三沢先生の手が止まった。

「あ……、どうしよう」

何事かと見ると、三沢先生はうつむいたまま、「高さが……」とつぶやいた。

腹水穿刺は通常、チューブにつないだ容器を床に置いて、ベッドとの落差で自然に流出させる。無理な排液を抑えるためだ。ところが、堀さんは畳に布団を敷いているので、その落差が作れないのだ。

三沢先生の額に見る見る汗が噴き出た。医師の動揺はすぐ患者に伝わる。わたしは〝お道具箱〟の中身を思い浮かべ、小声でアドバイスした。

「三方活栓《さんぽうかっせん》をつけて、注射器でゆっくり引いたらどうですか」

「ああ、それがいい」

三沢先生は即座にうなずいた。看護師が口出しすると、不機嫌になる医師も多いけれど、三沢先生は素直なのが取り柄だ。

わたしは五〇ミリリットルの注射器と三方活栓を取り出し、チューブの接続部につないだ。三沢先生は布団の横に正座し、テフロン針を堀さんの腹部に刺す。チューブをテープで固定し、注射器でゆっくりと腹水を引きはじめた。血圧が下がるのを恐れてか、通常よりかなり遅いペースだ。

腹水穿刺は一回で全体の約半分を抜く。腹水が順調に抜け出すと、堀さんは天井を見上げながら、独り言のように言った。

「こうして先生が来てくださるおかげで、住み慣れた家で死ねますわ。ありがたいことです」

「……はあ」

死についてあからさまに言われ、三沢先生は返事に窮したようだった。ベテランの一ノ瀬先生なら、さりげなく応じるだろうが、三沢先生はカチカチに緊張している。堀さんは気遣いは無用とばかりに、さばさばした声で言った。

「先生、暗い顔をなさらないで。こんな病気になったんですから、今さらじたばたしてもはじまりませんわ」

なんて気丈な人だろうと、わたしは感心した。自分の状況をしっかりと受け止めている。よきターミナルケアは、死の受容からはじまる。堀さんなら、きっと残された時間を自分らしく過ごすだろうと、わたしは思った。

初診では、結局、一リットルの腹水を抜くのに一時間半ほどかかり、三沢先生だけでなく、わたしまでヘトヘトに疲れた。

それから、堀さんの腹水穿刺は毎週月曜日にすることになった。量は週によってちがうが、三沢先生も次第に慣れ、一・五リットルほどを一時間くらいで抜けるようになった。

腹水を抜く間、堀さんは三沢先生によく話しかけた。堀家の来歴や、子どものころの話を懐かしそうにしゃべった。中でも繰り返し話したのは、二年前、還暦の記念に三週間滞在したロンドンでの思い出だ。

「主人はまだ定年前でしたからね、わたし、一人で自由な旅を満喫してきましたの。ロイヤル・フェスティバル・ホールでロンドン・フィルを聴いたり、クイーンズ・シアターで『レ・ミゼラブル』を観たりしてね。ほんとうに楽しい三週間でしたわ。でも、食べるものはよくなかったわね。一人だと高級レストランには入りづらいし、わたしはお酒は苦手だから、パブにも行かなかったし。先生はロンドンは行かれました？」

「いいえ」

「じゃあ、海外はどちらかほかに」

「ええと、あの、ぼくは、香港に一度……」

それでもあんたは医者かと、わたしはツッコみたくなった。三沢先生はほんとうに会話の盛り上がらない人だ。

「バービカン・ホールで、ＢＢＣ交響楽団のブルックナーを聴いたんですのよ。気迫のこもった演奏でしたわ。その夜の演奏がＣＤになりましてね。わたし、日本でそれを見つけて、感激しました」

「はあ……」

せっかく堀さんがテンションを上げているのに、気の抜けたような相づちしか打てない。

わたしはたまらず横から口をはさんだ。

「それってすごいですよね。ＣＤを聴くと、記憶が鮮明によみがえるでしょう。演奏の時間がそのまま封じ込められてるんですものね」

「ほんと、そうなのよ」

堀さんはわたしを見てうれしそうに笑った。

三沢先生は曖昧《あいまい》な表情のまま、腹水を抜き続けている。わたしは焦《じ》れったくて仕方なかったが、ふと疑問が浮かんだ。三沢先生はどうして在宅医療のクリニックなんかに来たんだろう。

在宅医療の患者さんは、寝たきりとか認知症とか、堀さんみたいな末期がんの患者が多い。

病気がよくなって、「先生、ありがとうございました」と言われることはほとんどない。三沢先生のような若い医師は、とかく病気を治す医療に就きたがるのではないだろうか。

在宅医療の医師は踏切番みたいなものだと、いつか一ノ瀬先生が言っていた。病気が悪くならないように見張りをして、患者がよりよい最期《さいご》を迎えられるように気を配る。気が抜けないわりに、報われることは少ない。それでもそういう医師は必要なんだと、一ノ瀬先生は自信を持っていた。三沢先生も何か思うところがあって、「あすなろクリニック」に来たのだろうか。

助手席のバッグで、今度こそまちがいなくケータイが鳴った。環八《かんぱち》通りから三本杉陸橋の交差点を過ぎたところだ。わたしは運転しながら素早くフリップを開いた。

「もしもし、クリニックの中嶋《なかじま》です」

「看護師さん。美智江が苦しそうなんです。早く来てください」

ご主人の声が切迫している。

「三沢先生は?」

「まだです」

「わかりました。急ぎます」

「この前いただいたモルヒネは、使ったほうがいいんでしょうか」

ご主人が動揺した声で訊ねる。苦痛が強いときに使うようにと、モルヒネの座薬を渡していたのだ。しかし、死を前にして、麻薬を使う意味はない。

「いえ、そのままようすを見ていてください。あと十分くらいで着きますから」

「早くしてください。もう息が止まりそうなんです」

わたしはケータイを助手席に放り投げ、アクセルを踏み込んだ。三沢先生は何をしているのか。わたしがクリニックにまわった時間を考えれば、三沢先生はとっくに着いてるはずなのに。

モルヒネの座薬は、吐き気の強い堀さんに、のみ薬の代わりに三沢先生が処方したものだ。堀さんは転移による神経の圧迫で、かなり背中を痛がっていた。通常の鎮痛剤では効かないので、先月、モルヒネに切り換えたのだ。しかし、堀さんは頑として使おうとしなかった。

「妻はモルヒネの副作用を恐れてるんです」

ご主人が弁解すると、堀さんはすかさず反論した。

「ちがうわよ。わたしはモルヒネなんかに頼りたくないの。麻薬に頼るような弱い人間になりたくないのよ」

思わず息をのむほどの剣幕だった。わたしは三沢先生を補佐するように言った。

「病気でモルヒネを使っても、だれも弱い人間だとは思いませんよ。れっきとした治療なんですから。それに、以前は副作用もありましたが、今はずいぶん改善されて、命に関わるような心配はありませんよ。ねぇ、先生」

「そうです。副作用は軽いです。ときどき便秘と吐き気があるくらいで」

それでも、堀さんは納得しなかった。

「先生、ほんとうに大丈夫です。頑張れるところまでいかせてください」

堀さんは唇をきつく結び、目を閉じて頭《かぶり》を振った。

しかし、痛みは容赦なく襲いかかり、堀さんを激しく苛《さいな》んだ。一度は腹水穿刺の途中で腰がねじれるように痛いと呻《うめ》き、布団の上でのたうちまわった。三沢先生はすぐにテフロン針を抜き、わたしは懸命に腰をさすったが痛みはおさまらなかった。

三沢先生が見かねたように言った。

「そんなに苦しむと、かえって体力を消耗しますよ。やはりモルヒネを使ったほうがいいんじゃないですか」

堀さんは顔中に皺《しわ》を寄せて首を振る。三沢先生がため息まじりに訊ねた。

「どうしてそんなにいやなんですか」

「だって、モルヒネを使うと、食事が……できなくなって……体力が、落ちるでしょう」

堀さんは息も絶え絶えに言った。

モルヒネを使わなくても、堀さんはすでにほとんど口から食べられる状態ではなかった。高カロリーの点滴もあると説明したが、堀さんはとにかく口から食べることにこだわった。

理由はどうあれ、これほどモルヒネをいやがる堀さんに、無理に勧めるわけにはいかない。使えば少しは楽になるだろうが、精神的な悪影響のほうが懸念された。

それでも苦しい日ばかりではなかった。調子のいい日は笑顔も出るし、軽い食事もできる。血圧は一〇〇前後が多かったが、茶碗蒸しを食べたあとは一二〇まで上がった。三沢先生が値を告げると、堀さんは「まあ、うれしい！」と小さく叫んだ。

九月後半になって、脚の浮腫《ふしゅ》がひどくなってきたので、三沢先生はステロイドを処方した。しかし、効果が現れない。おかしいと思っていたら、玄関まで見送りに来たご主人が、申し訳なさそうに打ち明けた。

「実は、あの薬はのんでないんです。テレビでステロイドは副作用が強いと言ってたらしくて。せっかく出していただいたのに、すみません」

無責任なテレビ番組に、わたしは腹が立った。三沢先生も顔をしかめていたが、気の毒なご主人には何も言えないようすだった。

それからも腹水穿刺を続けたが、徐々に溜まる量が増え、二リットル抜いてもお腹はビーチボールのように膨らんだままになった。皮膚が薄くなり、ガスの溜まった大腸が、腹水の中に浮いているのが外からわかるほどだった。

十月に入ると、脚のむくみは腰まで広がり、皮膚の下にゼリーを注入したようになった。仙骨部に床ずれができ、診察のたびに消毒したが、堀さんは身体を横に向けると吐き気が強まるので、傷を見るのも一苦労だった。三沢先生は畳に顔をすりつけるようにして、ピンセットを差し込んでいた。

トイレもポータブルトイレで頑張っていたが、ついに座れなくなり、導尿カテーテルを入れた。プライドの高い堀さんには、つらいのではないかと心配したが、彼女は気丈にこう言った。

「管を入れたら、楽になったわ。もっと早く入れればよかった」

そのあとで寂しげに笑ったので、それがわたしたちへの気遣いだとわかった。ほんとうは悔しかったにちがいない。

口から何も食べられなくなり、見る見るやつれてきて、残り時間はもう長くないと思ったのが先週のはじめごろだ。

「苦しくないですか」

三沢先生が訊ねると、堀さんは必死に声を絞り出すように、「苦しく…ない……です」と答えた。苦しいと言うと、モルヒネを使わされると恐れていたのだろう。

「堀さんがいやな治療はしませんよ」

わたしが声をかけると、かすかに笑みを浮かべてうなずいた。


野川を越えたところで、左からいきなり軽トラックが飛び出した。思わず急ブレーキを踏む。軽トラックはわたしの前に入った。運転がのろい。早く行って。こっちは人が死にかけてるんだから。そう思うが、事故を起こすともっと時間がかかってしまう。逸《はや》る気持を抑え、それでもぎりぎりの車間距離で走った。

軽トラックはスーパーの前でハザードランプをつけて停まった。もう喜多見だ。わたしは一気に追い抜き、細い道を飛ばした。集会所を過ぎて右へ曲がれば、まもなく堀さんの家だ。道沿いに何台も車が停まっている。親戚の人が来ているのだろう。わたしは手前の路肩に車を停め、急いで堀家の門に向かった。三沢先生の車は見当たらない。

インターフォンを押し、返事を待たずに中に入った。家中の電気がついている。玄関にはたくさんの靴が脱いであった。

「こんばんは。あすなろクリニックの看護師です」

声をかけて上がりかけると、廊下に慌ただしい足音が聞こえた。ご主人が顔を両手で覆いながら出てきて叫んだ。

「看護師さん、遅かった！　今、今、美智江の息が止まりました。うぅっ」

泣き崩れるご主人を、追いかけてきた同年輩の男性が支える。奥の部屋から何人もの女性の泣く声が響いた。

わたしは無言で玄関を上がり、堀さんが病室にしていた和室へと急いだ。部屋には小さな子どもを含め、十数人の人が集まっていた。

「お母さん、死んじゃいやぁ。目を開けて」

「いやー、いやよーっ」

「美智江さん、しっかり」

二人の娘さんと親戚らしい女性が布団に取りすがっている。部屋中の空気が堀さんのやせた遺体に吸い込まれるようだった。堀さんの妹だけが、部屋の隅で正座している。

「看護師さん、早く診てやってください」

道を空けられる形で、わたしは堀さんの前に進み出た。堀さんは布団のやや左側で、両手を開いて、仰向けに横たわっていた。目の下には隈《くま》ができ、鼻はますます尖り、唇は白く乾いている。

呼吸はすでに止まっていた。しかし、身体はまだ温かみを残し、生命の生々しさを漂わせていた。もう一度、最後のあえぎがきてもおかしくない。瞳孔もまだ開ききってはいないだろう。

「どうです。まだ、大丈夫なんでしょう」

男性の強い声がすぐ横で聞こえた。三つ揃いの上着を脱いだ男性が、わたしの肩口から顔をのぞかせている。血のつながっていない親戚のようだ。医師でないわたしが、この場で堀さんに触れることはできない。とにかく先生を連れてこなければ。わたしはまわりの人を見まわして、低く言った。

「すぐ先生が来ますから、ちょっとお待ちください。見てきます」

わたしは三沢先生のケータイにリダイヤルしながら、ふたたび玄関にもどった。ご主人が柱に取りすがるようにうずくまっている。同年配の男性が肩を抱いて宥《なだ》めている。その横をすり抜けて表へ出た。先生はいったい何をしているのか。

そのとき、タクシーのヘッドライトが眩《まぶ》しく光り、門の前で急停車した。中から白衣を片手に持った三沢先生が降りてきた。

「先生、遅いじゃないですか」

「あ、ごめん。ちょっと……」

三沢先生は財布をポケットにしまいながら、もどかしげに白衣を羽織った。わたしは折れ曲がった襟《えり》をなおしながら訊ねた。

「どうしてタクシーなんです。自分の車じゃないんですか」

「いや、こんなに早いと思わなかったから、実は晩メシのときにビールを一本だけ飲んで、顔の赤いのを何とかしようと……」

何ということだ。夕食にビールを飲んで酔いを醒ますのに時間がかかったというのか。わたしはあきれてものも言えなかった。よりによって今夜、ビールを飲むか。

堀さんの容態は先週から急激に悪化していた。三日前から尿量が減り、意識も朦朧《もうろう》としはじめていた。今朝、臨時で診察に行ったときには、血圧は九〇あったが、ほぼ昏睡状態だった。それを見れば一両日中がヤマだということくらいわかるだろう。わたしだってビールは飲む。だけど患者が昏睡状態になっていたら飲まない、ぜったいに。

「堀さんの呼吸、もう止まってますよ」

わたしは冷ややかに言い放った。三沢先生はだめなバッターがチャンスに三振したような表情を浮かべ、その場で足踏みをした。

「で、何分くらい前？」

質問を無視して、玄関にもどる。後ろから頼りなげについてくる足音に、わたしはふと不安になった。三沢先生はうまく臨終の場を取り仕切れるだろうか。病院ならなんとか恰好はついても、患者の家では勝手がちがう。特に堀さんの家は気づまりな旧家で、親戚もたくさん集まっている。三沢先生がうろたえて、遺族の神経を逆撫《さかな》でするようなことがあったらたいへんだ。

廊下にはご主人の姿はもうなかった。和室から女性の泣き声も聞こえない。

「親戚の人がたくさん集まってますから」

わたしはせめてもの心の準備にと、三沢先生に告げた。

和室はさっきとはまるでちがう雰囲気だった。蛍光灯が煌々《こうこう》と灯《とも》り、異様な静けさに満ちていた。人々は堀さんの布団から離れ、黙りこくって座っている。

遺族の表情が硬い。臨終に医師が間に合わなかったことへの無言の怒りが、熱気のように渦巻いていた。

訪問まで時間のかかる在宅医療では、患者の死の瞬間に、必ずしも医師がそばにいるわけではない。そのことは、ご主人には前もって説明してあった。しかし、親戚の人たちはそれを知らない。これまでの診療や、緊急の往診も見ていない。彼らにわかっているのは、堀さんの臨終に医師が間に合わなかったということだけだ。素人の家族が集まっているのに、医師が遅れるとは何ごとだ。そう思っているにちがいない。

わたしは救いを求めるように、ご主人を見た。彼なら事情がわかっているだろう。しかし、ご主人は畳に手をつき、呆然《ぼうぜん》とうなだれるばかりだった。後ろに二人の娘さんが正座していた。みんな魂が抜けたように虚《うつ》ろだ。

入口から堀さんの布団まで、畳の道が空けられていた。三沢先生が一瞬たじろいだので、わたしは目を伏せて前を譲った。

(早く行け)

先生の尻を蹴飛ばしたい気持を抑えて、あとに従った。いっせいに注目される。怒気を含んだ刺すような視線。

堀さんは仰向けで、何か言い残したことがあるみたいに、口をわずかに開き、静止していた。動く気配はない。堀さんの死は明らかだった。

(もう、医者なんかいらん)

(とっくに手遅れだ)

(今ごろ来やがって、どうするつもりだ)

暗黙の非難の矢が、三沢先生の全身に突き刺さる。

(帰れ！　この役立たず)

今にも怒号が炸裂《さくれつ》しそうだった。

三沢先生はその重苦しさを背中で受け止めるように、身を硬くして堀さんの枕元に正座した。わたしもすぐ横に座る。万一、だれかがつかみかかったりしたら、先生を守らなければならない。

三沢先生は白衣のポケットからペンライトを取り出し、おもむろに堀さんの瞳孔を調べた。ライトを左右に振って、反射を調べる。堀さんの瞳孔が開ききっているのは明らかだ。それでも三沢先生はていねいに両方の目を確認し、開いたまぶたをそっと閉じる。

それから聴診器を耳にはめ、堀さんの寝間着の前を最小限に開いた。肋骨の浮き出た胸が現れる。先生はゆっくりと聴診器を当て、ふだんの診察のように左右何カ所かに移動させた。その間、一言も発しない。ただ蛍光灯の光が、無音で先生と堀さんを照らしている。

最後に先生は聴診器を心臓の真上に当て、かすかな心音を探るように上半身をわずかに傾けた。十秒ほどその姿勢を保つ。

聴診器をはずすと、三沢先生は腕時計で時間を確認した。先生の所作は、静謐《せいひつ》とさえ言えるほどだった。動揺も逡巡《しゅんじゅん》もない。頭側に座っているご主人のほうに膝を向け、しっかりした口調で言った。

「午後十時四分。残念ですが、死亡を確認いたしました。ご臨終です」

深々と一礼し、堀さんに向き直って静かに手を合わせた。わたしもつられて頭を下げる。

ご主人ががっくり頭を落とし、膝の上で拳《こぶし》を握りしめた。

「ありがとうございました」

そのひとことで、部屋の雰囲気ががらりと変わった。三沢先生の堂々とした態度が、人々の怒りを鎮め、本来の悲しみを浮かび上がらせたのだ。後ろで娘さんたちが口を押さえて嗚《お》咽《えつ》する。部屋のそこここからもすすり泣く声が聞こえた。

やがてご主人は顔を上げ、膝を揃えて前ににじり寄った。

「先生、ほんとうにお世話になりました。何度も診察に来てくださって、心強かったです。美智江も住み慣れた家で最後まで過ごせて、よかったと思います」

「そうですね。ほんとうによく頑張られました、奥さんも、ご主人も」

わたしは先生の後ろで大きくうなずいた。もう険悪な空気はなく、ある種のしめやかさが漂っていた。三沢先生は見事に看取りを終えた。はじめてにしては上出来だ。こんなに肚《はら》の据わった先生だったのか。

ハンカチで涙を拭きながら、ご主人が精いっぱいの愛想笑いで言った。

「まさか家内が先に逝くとは思ってませんでしたから、これからがたいへんですよ」

堀さんはしっかり者で、一家の采配《さいはい》もほとんど彼女がやっていたようだった。診察のときも、自分が動けないので、ご主人にあれこれ指示をしていた。座布団を出しまちがえたり、薬の置き場所がわからなかったり、ご主人はいつも申し訳なさそうに謝っていた。帰り際、わたしたちを玄関まで見送りに来て、小声で言ったことがある。

「すべて家内の言う通りにしないといけないので、怒られてばっかりです。ほかに当たるところがないから、仕方ないんでしょうが、私もつらいです」

ロマンスグレイで、いかにも紳士然としたご主人は、苦笑いしながら、目を潤ませていた。

ご主人の後ろに座っていた長女らしい女性が、静かに言った。

「お父さん、心配しないで。亜希子《あきこ》もいるし、わたしたちも手伝いに来るから」

亜希子というのは次女だろう。長女の左に座っているジーンズをはいた女性だ。

集まった人々から、ひそめた声が聞こえた。

「こんなにやせてしまって。美智江さんもよく頑張ったよ」

「苦しかったろうね」

「でも、もう楽になったんだ。ゆっくり休めばいい」

堀さんの妹だけは部屋の隅に正座したまま、姉のそばへ近寄ろうともしなかった。呆然自失の体《てい》で、悲しみも麻痺してしまったようだ。

わたしは部屋の人々をそれとなく見た。このあと遺体をきれいにしなければならない。必要なものを用意してもらうのに相応《ふさわ》しい人はだれだろう。

そっと立ち上がって、長女に声をかけた。

「お母さまをきれいにしますので、用意していただきたいものがあるのですが」

三十代後半に見える長女は、心得顔でうなずいた。

「湯灌《ゆかん》をしますので、大きめの洗面器か金だらいにお湯と、汚れてもいいタオルを十枚ほど、それとゴミ袋をお願いします。湯灌のあと、最後に着せる服があればご用意していただけますか」

「わかりました。母が用意しておりましたのは経帷子《きょうかたびら》というのか、白い小袖なんですが、それでよろしいですか」

「ええ、もちろんです」

さすがは堀さんだ。死後に着る服の用意まで抜かりがない。

「先生、車からエンジェルセットを取ってきますから」

わたしは三沢先生に声をかけて、和室を出た。

エンジェルセットとは、死後処置に使う道具のことで、車のトランクに常備してある。遺体の口や鼻につめる綿、割り箸、竹ひご、T字帯、顔にかける白い布などがパックされている。患者さんが死ぬ前から持ち込むわけにいかないので、いつも改めて取りに行く。

できるだけ静かに部屋を出て、だれもいない玄関から外へ出た。秋の虫が輪唱のように鳴いている。それにしても、さっきの三沢先生の態度は立派だった。もしあそこでヘマをすれば、ほんとうに家族を怒らせてしまうところだ。わたしはキツネにつままれたような気分で、エンジェルセットをトランクから持ってきた。

　部屋にもどると、長女は湯を張った金だらいの下にビニールの風呂敷を敷いて待ってくれていた。きちんと畳んだ経帷子のほかに、数珠《じゅず》、櫛《くし》、ブラシまで用意する行き届きようだ。

「何かほかにすることがあるでしょうか」

「そうですね。ご希望ならお手伝いしていただきますが、でも、ちょっとご覧にならないほうがいいところもありますから……」

　わたしが言葉を濁すと、すぐ察したように「ではお願いします」と頭を下げた。

「さあ、みなさん、看護師さんがお母さんをきれいにしてくださるの。向こうで待ちましょう。お父さんも、ね」

　長女は手際よく人々を別室へ送り出した。まるで堀さんが乗り移ったかのような思い切りのよさだ。わたしは彼女を追いかけ、もうひとつ忘れていたものを頼んだ。

「お母さまが使ってらしたお化粧道具がありますか」

「ええ、たしか三面鏡のところに」

「じゃあ、それもお願いします」

　長女はすぐに一式を持ってきてくれた。

家族と親戚がいなくなり、襖《ふすま》が閉じられると、広い和室に堀さんと三沢先生とわたしだけが残された。部屋がいつも以上にだだっ広く見える。ふと見ると、いつの間にか堀さんのまぶたがうっすらと開いていた。これから何がはじまるのか、目を動かさずにじっと見ようとしているかのようだ。

三沢先生は正座でカルテの記載をはじめた。連絡を受けてから、死亡診断をつけるまでの経過を記録しているのだ。堀さんが実際に死んだのは先生が来る前だったが、手続き上、医師が死亡を確認するまでは死んだことにはならない。三沢先生が家族に告げた「午後十時四分」が、堀さんの正式な死亡時刻になる。

「バルーンはわたしが抜きますから、先生は点滴のルートをお願いしますね」

三沢先生に声をかけ、堀さんの紙おむつを開いた。導尿カテーテルの先についた風船の水を抜き、尿道から管を抜く。濃縮された尿の雫《しずく》が落ちる。そこはかとない命の痕跡。尿をこぼさないように、抜いたカテーテルと尿バッグをゴミ袋に入れる。

三沢先生は三日前に堀さんの手首に入れた点滴のルートを抜いた。意識が朦朧としかけたとき、水分補給のために入れたのだ。

「さあ、これで余分なものは全部なくなりましたよ。身体をきれいにしますから、ちょっと寝間着を脱いでもらいますよ」

わたしは堀さんに声をかけ、腕を曲げて寝間着の袖を抜いた。まだ死後硬直はないから、楽に脱がせられる。もう片方の袖も抜き、前あきの下着のシャツも脱がせた。紙おむつとパッドを抜き取ると、痛々しいほどやせた裸体が露《あら》わになった。脱がしたものを横に置き、新しい紙おむつを腰の下に敷く。

湯灌のタオルを絞りながら、わたしは手持ちぶさたにしている三沢先生に聞いた。

「先生、死後処置どうされます」

「えっ、どうって」

「手伝っていただければ、助かるんですが」

「ああ、うん……」

三沢先生はいつもの頼りない声にもどって、曖昧な返事をした。さっきの落ち着いた先生は何だったのだろう。

病院では死後処置は看護師の仕事だ。医師は患者の死亡を確認したら、詰《ま》め所か医局で死亡診断書を書いていればいい。死体に触ることも、家族の悲しみや嘆きを目の当たりにすることもない。しかし、在宅医療はそうはいかない。ここには逃げ込む詰め所も医局もないのだから。

「あの、こういうとき、一ノ瀬先生はどうするのかな」

先生は少しうわずった声で訊ねた。わたしは間髪を容れずに答える。

「手伝ってくれますよ、いつも」

「ああ、じゃあ、ぼくも手伝うよ」

答えながらまだ戸惑っている先生に、わたしはゴム手袋とタオルを渡した。

「先生、脚の湯灌をお願いしていいですか。指先からきれいにしてあげてください」

作業は手早く進めなければならない。わたしは見本を見せるように、固く絞ったタオルを持って上半身のほうにまわった。堀さんの腕を持ち上げ、肩から肘《ひじ》、手首、指先へと拭いていく。三沢先生もタオルを絞り、ぎこちない動作で足先から拭きはじめる。

堀さんの肌は血の気が抜けて、漆喰《しっくい》のように白かった。ところどころに皮下出血があるが、それも徐々に薄くなりつつある。死斑はまだ出ていない。肋骨の浮き出た胸を拭き、腹部へと移る。皮膚はむくみのせいで熟した白桃のようにやわらかい。

三沢先生が堀さんの膝を拭きながら聞いた。

「死後硬直はどれくらいではじまるんだろ。すぐ硬くなるなら急がないとね」

「二時間くらいしてからですよ。まず顎《あご》の関節から硬くなります」

「そうだっけ。法医学で習ったけど、忘れちゃったよ」

照れくさそうに笑う。

わたしは三沢先生の倍の速さで湯灌を進め、下腹部から陰部へ移った。そこにも浮腫がきて、皮膚が半透明に透けるほど膨れている。わずかな陰毛も、生気を失って枯れたようだ。ゴム手袋の指先にタオルを巻きつけ、手早く、しかし確実に局部をきれいにする。

「じゃあ、背中を拭きますから、身体を支えてもらえますか」

二人で堀さんの身体を横に向ける。そのとき、上になったほうの腕がぐいと背中側に垂れた。

「あ、ごめんね、堀さん。背中きれいにしますから、ちょっと横を向いてくださいい。先生はこっちから肩と腰を持って」

遺体に話しかけるわたしを、三沢先生が不気味そうに見た。それを無視して背中を拭きはじめる。はずみで堀さんの首ががっくりと垂れ、黒々とした髪が顔を隠す。

やせた背中には、肋骨に沿って皮膚が赤黒くなっていた。圧迫のせいだろう。診察のとき、三沢先生が苦労して消毒していた床ずれは、そこだけ妙に生々しい肉が露出している。

わたしはタオルを五本、三沢先生は三本使って、湯灌を終えた。

「やっぱり二人でするとい早いわ」

一息つくと、額が汗ばんだ。

「次は綿をつめていきます」

エンジェルセットの綿を取り出し、三沢先生に渡した。死後処置に使う綿は脱脂綿ではなく、水をはじく生綿《きわた》だ。先生がいきなり堀さんの口につめようとするので、わたしは待ったをかけた。

「先に胃液を出さないと」

三沢先生がぎょっとした顔でこちらを見る。わたしは堀さんの顔を横に向け、口元に紙おむつを受けて鳩尾《みぞおち》を押し上げた。わずかに褐色の液がこぼれる。最後の一週間はほぼ絶食だったので、胃液もあまり出なかったのだろう。

「じゃあ、先生、顔をお願いしていいですか。わたし、下のほうをやりますから。綿はけっこう奥までつめてくださいね」

三沢先生は青白い顔でうなずいた。まず耳から綿をつめはじめる。細く縒《よ》ってから竹ひごで押し込む。なんとかうまく入れているようだ。

わたしは生綿の塊《かたまり》を二つに分け、さらに小さな塊にちぎって下半身にまわった。三沢先生は耳の次に鼻につめはじめる。先の細くなった割り箸で上向きに押し込んでいる。

「入りにくいな」

「先生、無理に押し込まないで。胃管《マーゲンチューブ》を入れる要領で、下向きにつめてください」

鼻をほじるときに指を上向きに入れるので、初心者はよく上向きに入れて失敗する。正面から下向きに入れないとのどのほうに進まない。死後処置については看護師が専門だと思っているのか、三沢先生は素直にわたしの指示通りやりなおす。

わたしは堀さんの股関節を開き、膣《ちつ》に綿をつめた。堀さんは子宮は正常だったから、おりものが出てくる心配はないだろう。それでも割り箸できっちりつめる。いやな仕事だ、とは思わない。いつもやっていることだし、ぜったいに必要なことだから。

「先生、鼻にはうまく入りましたか」

確認しようとして、思わず笑ってしまった。「三沢先生、それじゃつめすぎですよ」

細く尖っていた堀さんの鼻が横に広がり、丸くなっていた。

「これはかわいそうです。もう一度つめなおしましょう」

綿を抜くと、案の定、手前に固まっていて、上咽頭まで届いていない。わたしは新しい綿をちぎり、上顎を乗り越える感じでつめていった。十センチほどの綿が両方の鼻孔に入ったが、鼻の形は変わらない。

「うまいもんだね。ぼくもコツを覚えるよ」

「じゃあ、口も見ていてくださいね」

わたしは堀さんの口を開き、ゴム手袋の指で方向と空間を確かめた。まずハトの卵くらいの綿をちぎってのどの奥へ入れる。顔を上に向けて、口からのどまでをできるだけ一直線にして、割り箸で一気に押し込む。

「舌が落ち込んじゃうと、それ以上奥へ入りませんから、注意してください」

同じくらいの綿を次々と奥へつめていく。中心をはずさなければ、手前の綿が奥の綿を押し込んでくれる。

「すごく入るもんだね。食道まで行ってるね」

三沢先生が感心するように言う。

「そうですよ。きっちりつめないと、あとで胃液が出てきますから。次は頬につめましょう。これが案外むずかしいんですよ」

わたしは今度はウズラの卵くらいの綿を取って、右の頬に入れた。やつれてこけた頬をふっくらさせるためだ。内側で綿を広げ、自然な膨らみになるよう工夫する。左にもつめるが、同じ量を入れても左右対称になるとはかぎらない。つめ方によって微妙なずれが出る。膨らみを調整するために、右、左と綿をどんどん足していくと、膨れすぎてお多福みたいになってしまう。膨らみがちょうどでも、唇が閉じなければまたやり直しとなる。

「これでどうでしょう。病気でやつれる前はこんな感じじゃなかったかな」

「たしか、写真があったはずだ。病気になる前の写真」

三沢先生が部屋の隅に置かれた文机《ふづくえ》を見た。使い込んだ筆や硯《すずり》、刺繍《ししゅう》の道具などといっしょに、家族のスナップ写真が飾ってある。三沢先生は診察のときに、目ざとく見つけていたようだ。

わたしたちは、作業を一時中断して写真を見た。病気になる前の正月だろうか。よく晴れた冬の庭で、家族全員が写っている。籐製のベンチの真ん中に堀さんが座り、両側にご主人と妹、後ろに二人の娘さんと長女の家族らしき三人が立っている。堀さんは顔をやや左に傾けて笑っている。なぜか、顔も身体も堀さんがいちばん大きく見える。

「へえ、堀さん、こんなに太ってたんだ」

「太ってるは失礼よ。貫禄があるって言わなきゃ」

「同じだろ」

わたしたちはかすかに笑った。もう一度、写真を見直して、先生がつぶやく。

「それにしても、堀さんはこの家に君臨してたって感じだな」

たしかに両側のご主人も妹も、なんとなく影が薄い。堀さんはいかにも家族の中心人物という趣で、自信に満ちあふれた笑みを浮かべている。その堀さんがいちばん早く逝くなんて。

三沢先生は周囲を見まわし、独り言のように言った。

「堀さん、習字とか刺繡が趣味だったんだな。最近はやってなかったみたいだけど」

うっすらと埃の積もった道具類に、闘病の月日が滲《にじ》む。家で診療をすると、こういう個人的な情景が心に迫る。それはときに死の意味をより重くする。だから疲れる。三沢先生はまだ物珍しいだけで、そこまで感じていないようだ。

「頬の感じ、これでいいんじゃないですか。残りを早くやっちゃいましょう」

わたしは先生を促して、堀さんのところへもどった。

綿をつめる場所であと残っているのは肛門だけだ。しかし、それがたいへんなのはわかっていた。堀さんはほとんど食べていなかったけれど、便がかなり溜まっているようだったからだ。

「堀さん、ごめんね。お腹をきれいにしますね。ちょっと脚を開きますよ」

堀さんの両膝を立て、股関節を開く。肛門が五百円玉くらいの大きさに開いている。黒っぽい便が出かかっていた。

「先生、そっちから膝を持っててもらえますか。そう、もう少し脚を開いて」

頭側にいる三沢先生に頼んで、わたしはゴム手袋を二重にした。新しい紙おむつを前に広げ、指を二本入れて便を掻《か》き出す。出口にあるのは小石の塊のようで、ころころと取れる。さっと紙おむつで覆い、においが広がらないようにする。先生に吐かれたりしたら、よけいな手間が増えるだけだ。

「三沢先生、気分悪かったら、離れてもらってていいですよ」

「いや、ら、らいじょうぶ」

鼻をつめて、口だけで呼吸をしているようだ。

手前の便を出したが、まだ奥に溜まっている。括約筋が完全に開いているから、肛門から直腸までが洞窟のように見通せる。むかし、子どもが溺《おぼ》れると、「河童《かっぱ》に尻子玉《しりこだま》を抜かれる」と言ったらしいが、それは溺死した子どもの肛門が、こんなふうに完全に開くからだろう。

わたしはできるだけ奥に指を入れ、直腸の粘膜をなぞるように便を掻き出した。便は奥に行けば行くほど軟らかく、練り上げた壁土みたいだった。指だけではとても届かない。

「堀さん、ごめんね。ちょっと先生にお腹を押してもらうから」

「えっ」

三沢先生が思わず真顔で聞く。「お腹を押すって……」

「便を出さないと困るでしょ。両手で下腹を押してください」

「そこまれ、しないといけないの」

「だって、あとから出てきたら、困るでしょう。溜まっているものは全部出さなくちゃ」

わたしは堀さんの肛門を下からのぞいて号令をかけた。

「はい、押してください」

三沢先生が顔をそむけて下腹を押す。練り物状の便が粘膜の奥から迫《せ》り出してくる。指で拭い取って紙おむつになすりつける。指先に粒々を感じるのは、未消化のものが混じっているからだ。赤いかけらが出てきた。ニンジンだろう。堀さんの内臓が最後の最後に頑張って、吸収した残りだ。

「まだ出てきます。もっと強く押してください」

「ひーっ」

先生が悲鳴をあげる。

「まだまだ」

「うぅーっ」

唸《うな》り声とも泣き声ともつかない声で、力を込める。

わたしは少しの便も残さないよう、指をまわすようにして直腸を拭った。先生が顔をしかめ、のどの奥で荒い呼吸をしている。片手に山盛りくらいの便を掻き出して、ようやく堀さんのお腹は空っぽになった。

「ありがとうございます。もう残ってないです」

二枚重ねた外側の手袋を脱ぎ、それを紙おむつにはさんで丸めた。これだけ出しておけば、あとから出てくる心配はない。

わたしは綿をニワトリの卵くらいにちぎって、肛門の奥につめていった。直腸は前後に広がるから、隙間《すきま》ができないように注意しなければならない。綿が足りるかどうか心配だったが、あるだけ使って、なんとか出口までつめ終えた。念のために新しい紙おむつを当てる。

顔を上げると、三沢先生が放心したように、堀さんの横にへたり込んでいた。汗で額に髪が貼りついている。

「お疲れさま。三沢先生、大丈夫ですか」

「…………」

「おかげできれいになりました。堀さんもきっと喜んでますよ」

「…………」

三沢先生の反応はない。

「ちょっと空気を入れ換えましょうか。あとからご家族も入ってくるから」

わたしは立ち上がって障子を開け、広縁のガラス戸を開いた。

十月の冷気と虫の声が部屋に流れ込む。石灯籠《いしどうろう》を置き、山茶花《さざんか》、銀杏《いちょう》、楓《かえで》などを植えた庭が、部屋の明かりにぼんやりと照らされた。さほど広い庭ではないが、白壁の塀の向こうが竹藪《たけやぶ》なので、自然があふれているように見える。堀さんはいつもこの庭を眺めていたのだ。

診察のとき、一度、堀さんが庭を見つめながら、ふと傍らのご主人に言った。

「あなた、今までお世話になったわね」

前後の脈絡もなく、ぽつりと口をついて出た言葉のようだった。

「何だよ、急に」

ご主人はいきなり言われて、当惑したようだった。

堀さんはゆっくりと顔を巡らし、ご主人を見た。

「ほんとうは、わたしがあなたの世話をしてあげるつもりだったけれど、もうだめね。ごめんなさい」

ご主人はわたしたちを気にして、とっさに笑いでごまかそうとした。

「冗談じゃないよ。おれが寝たきりになったら、だれが面倒見てくれるのさ。おれはアルツハイマーになるかもしれないし、徘徊老人になるかもしれないぞ。そうなったら、お前も寝てなんかいられないんだから」

「あなた、これからは亜希子に嫌われないようにしなきゃね。リビングで歯を磨いちゃだめよ。あの子、いやがってるんだから」

そう言って、寂しそうに笑った。堀さんは夫の世話を次女に託すつもりだったのだろう。

ご主人が困惑とも苦笑ともつかない表情を浮かべていると、堀さんは目を伏せて、かすれる声で言った。

「今までありがとう」

あのとき、堀さんはどうしてあんなことを言い出したのか。それを聞きたいと思っても、堀さんはもういない。ここに横たわってはいるけれど、何も答えてくれない。

風が通って、竹藪の笹が鳴った。感傷に浸っているひまはない。

わたしは長女が用意してくれた経帷子を広げた。それは真っ白な絹の着物で、光の加減で織り目が艶《つや》やかに浮き出るものだった。

「三沢先生、もう少しお手伝い、お願いできますか」

放心状態の先生を促し、堀さんの着替えをはじめた。経帷子を右半身に着せ、身体を横向けにして、背中側から引き出して左半身に着せる。襟元を整え、裾をきちんと揃えてから帯を締める。湯灌からここまで約四十五分。まだ死後硬直ははじまらない。

ブラシで髪をとかし、両手を鳩尾の前で組ませる。指を一本ずつ交叉させるが、すぐはずれることが多いので、たいていは死後硬直が来るまで布紐で手首を縛る。でも、堀さんは指の節がうまく引っかかり、はずれなかった。

「これなら縛らなくていいわ。よかったね、堀さん」

いくら形を整えるためとはいえ、亡くなった人の手を縛るのは気が進まない。

三沢先生がようやく人心地ついたように、額の汗を拭った。

「これで終わりだね」

「まだですよ。お化粧が残ってます」

わたしは新しいタオルを絞り、堀さんの顔を湿らせた。年齢の割りに皺の少ない、肌理《きめ》の細かい肌だ。色白だが、血の気が失せてチーズみたいになっている。わたしは長女から預かったコンパクトを開け、額からパフをはたいていった。ムラができないように、髪の生え際から顎の下までていねいにファンデーションを塗り込む。

「目を閉じますよ」

まぶたに中指の腹をあてがい、静かに押さえる。なかなか閉じない人もいるが、堀さんは一分ほど押さえると、そのまま閉じた。シャドーもマスカラもつけず、睫毛《まつげ》だけ下向きに整える。眼光の鋭かった堀さんの目は、もう二度と開かない。今は静かな無の表情だ。穏やかとも、安らかとも思わない。怒りも苦悩も悲しみもすべて終えた永遠の無だ。

わたしは化粧道具から眉ペンシルを取り出した。生前の写真では堀さんの眉は濃いめだが、今は闘病のために細く薄くなっている。それを補うように、眉ペンシルで一本ずつ描いていく。眉間は広めに取って、外側をやや低くする。そのほうが優しい表情になる。

頬紅は目立たない程度に塗り、ルージュは薄いピンク系のものを選んだ。唇もやせて、内側に入っているので塗りにくい。指でもどそうとしたが、不自然になるのでやめた。

「三沢先生、これでどうかな」

「ああ、うん……」

どちらともつかない返事だ。死体の化粧など、見るのははじめてだろうから仕方ないけれど。

「よし、これでいいわ。いいですよね、堀さん」

わたしはひとり合点して、そっと堀さんに手を合わせた。（いいわ）という声が、耳の底に聞こえた気がした。化粧道具を片づけ、布団を整え、最後に白い面布を堀さんの顔に載せる。洗面器やゴミ袋を部屋の隅に置いて、家族を呼びに行った。

長女を先頭に遺族が入ってきた。

「ありがとうございました」

ご主人が何度も頭を下げ、堀さんの枕元に座る。どうしたものかと戸惑っているご主人の横から、長女がすっと面布を取った。

「ああ、お母さん、きれいにしてもらったのね」

「ほんとだ。美智江、きれいだよ。よかったな」

少し気持が落ち着いたのか、ご主人がしみじみとした笑顔を浮かべた。親戚の人々もうなずき合っている。主治医が臨終に遅れたことのわだかまりはもうなくなっていた。

ほかにすることはなかったが、三沢先生が黙っているので、わたしがご主人に声をかけた。

「それでは、わたしたちはこれで失礼します」

「お世話になりました」

「どうぞ、お力落としなさいませんように」

一礼して、先生といっしょに出口に向かった。

ご主人が玄関口まで見送りに来てくれた。診察のたびに繰り返したことだが、これで最後かと思うと悲しみがこみ上げる。

「ありがとうございました。美智江も最後まで家にいることができて、喜んでいると思います。入院はいやだと言ってましたから」

「そうですね。ぼくも病院で亡くなるより、よかったと思います」

三沢先生が少し口ごもりながら答えた。冴えないコメント。でも、わたしも素直にうなずいた。三沢先生が堀さんのために一生懸命やったことは、十分に伝わったから。

「先生、タクシーで来たのなら、帰りの車ないでしょう」

堀さんの家の門を出たところで、わたしは三沢先生に声をかけた。「お宅までお送りしますよ」

「ああ、そうだった。悪いけど頼むよ」

先生の声の調子が少し変わった気がした。無事に堀さんを看取ることができて、緊張が解けたのかもしれない。

三沢先生の家は世田谷区の南烏山《みなみからすやま》だから、それほど遠まわりではない。車のロックを解除して、先生を助手席に乗せる。さっき必死で飛ばしてきた道を、ゆっくりと環八通りに向かった。

「死後処置って、はじめて手伝ったけど、病院ではいつも看護師さんがやってたんだな」

「そうですよ」

対向車のライトが次々と通り過ぎる。三沢先生がフロントグラスを見つめたまま言った。

「看護師の仕事ってたいへんだね」

「汚れ仕事ですから」

「中嶋さんは死後処置って、今まで何例くらいしたの」

「病院とクリニックを合わせて、三百くらいかな」

「そんなに」

助手席で先生のため息が聞こえた。先生は医師になって四年目、わたしは看護師になって十年。経験の差はあって当然だ。

「中嶋さん、堀さんの死後処置をするとき、ずっと声をかけてたよね。あれ、どうして」

「話しかけるのは当然ですよ。治療は終わっても、看護はまだ継続していますから」

「そうか」

三沢先生は小さくうなずいてから、首を振った。

「でも、お腹を押して便を出したり、あそこまでするとは思わなかったよ」

「押すだけじゃなくて、お腹に乗って絞り出すこともありますよ。胃液が溜まってるときは、患者さんの口を開いて、首を反らせて吐かせます。ゲップが出るとき、声が出るときもあります。そのあとは食道まで綿をつめて……」

「あ、もういい」

三沢先生はまた顔が蒼白《そうはく》になりかけていた。わたしは運転席の窓を開け、風を入れた。秋の夜気が吹き込む。

「それにしても、あそこまで綿をつめないといけないのかな。堀さん、ちょっとかわいそうな気がしたけど」

三沢先生が疑問とも批判ともつかない調子でつぶやいた。わたしは前を見据えたまま、少しアクセルを緩めた。

「新米のころ、わたしも同じように思いました。先輩のナースが鼻やのどにぐいぐい綿をつめるのを見て、とても人間のすることじゃないって。でもその先輩に言われたんです。いい加減につめて、お葬式のときに便が出たり、血が流れたりしたら、いちばん気の毒なのは患者さんなのよって。それではっと気がついたんです。患者さんがきれいな姿でお別れができるよう、ぜったいに汚物は流れ出ないようにするのが、わたしたちの仕事なんだって」

　三沢先生がわたしのほうを向き、納得するようにうなずいた。そして、今までにない改まった声で訊ねた。

「堀さんの化粧も一生懸命していたけど、死化粧ってどんな気持でするの」

「死に顔は、ご遺族がこの世で見る最後のお顔でしょう。だからきれいにしてあげるんです。あの顔が一生、ご遺族の心に残るんですから」

「そうだね。堀さん、きれいになってよかった。ご主人も喜んでいたし」

　先生の声に堀さんへの深い思いやりを感じて、わたしはちょっと胸が熱くなった。死化粧に興味を持つなんて、三沢先生は案外、在宅医療に向いているのかもしれない。つまり、医師としてそんなに不安でもないのかも。

「三沢先生ははじめての在宅での看取り、どうでした」

「病院とはずいぶんちがうね」

「でも、けっこう堂に入ってましたよ。わたし、先生のことを見直しました」

「そう？　ありがとう」

三沢先生は照れくさそうに首筋を掻いた。そして打ち明けるように続けた。

「実は、堀さんの容態が悪くなってから、不安になってきて、一ノ瀬先生に在宅での看取り方を聞いたんだよ。そしたら死亡確認の手順やセリフを教えてくれてさ。お悔やみの言葉もね。それで落ち着いてできたんだ」

なんだ、やっぱり一ノ瀬先生の指導があったのか。どうりでうまかったはずだ。

「でも、先生、臨終に間に合わなくて、最初は焦ったんじゃないですか」

「中嶋さんが怒ってるのわかったからね」

わたしじゃなくて、堀さんのご家族でしょとツッコみたくなったが、勘弁してあげることにした。

「それにしても、あの暗黙のプレッシャーの中で、きっちり心停止を確認して、臨終を告げたのは立派でしたよ」

「暗黙のプレッシャーって?」

「先生が遅れたんで、部屋中の人が怒ってたじゃないですか」

「そうだっけ。感じなかったけど」

三沢先生は気づいてなかったのだ。ご家族の悲しみと怒りを受け止めて、その上で堂々としていたんじゃなかったのか。一ノ瀬先生に教えられた手順とセリフで、頭がいっぱいだったのだろう。

一度は見直したけれど、やっぱり三沢先生にはまだまだ学んでもらわなければならないことがありそうだ。わたしは先生の素朴な横顔を見て苦笑した。

芦花《ろか》公園を過ぎ、京王線の手前を左折すると南烏山に入る。先生のマンションは、独身者には豪華すぎるヨーロピアンスタイルの新築だ。

敷石のエントランスに車を停める。

「それじゃ、お疲れさま」

「ありがとう。今日はいい経験になったよ。バイバイ」

送ってあげたのに、こちらが発進するのを待たず、さっさとマンションに入ろうとする。

ほんとうにお坊ちゃまには困ったものだ。

わたしは助手席の窓を開き、先生の背中に最後のひとことを投げつけた。

「先生、患者さんが昏睡状態になったら、今度は飲まないでくださいよ」

「え、ああ……」

きょとんとして口ごもっている先生を置き去りにして、わたしは勢いよく車を発進させた。

# 罪滅ぼし

京王線桜上水《さくらじょうすい》駅の踏切は、世田谷区の有名な開かずの踏切だ。

午前八時二十分。わたしは改札口を出て、線路沿いの道を西へ向かう。後ろから自転車が追い越してくる気配はない。下高井戸《しもたかいど》から自転車通勤している一ノ瀬先生は、今日も踏切に引っかかっているのだろう。いつものように、橋上の自由通路を通るか、踏切が開くのを待つかで悩んでいるにちがいない。

「エレベーターに乗って自由通路を通ってる間に、踏切が開くとしゃくだろう」

そんなふうによくこぼしている。ふだんは冷静な一ノ瀬先生が、踏切くらいでイライラしているると思うとおかしい。

住宅街を少し行くと、四階建てのスポーツ・ジムがあり、その向かいにわたしの勤務する「あすなろクリニック」がある。目立たない看板にコンクリート打ちっ放し。およそクリニックらしくない地味さだ。このクリニックは在宅医療が専門で、外来の患者が来ないからだ。

訪問用のトレーナーに着替えて大部屋に行くと、事務のみっちゃんがお茶をいれてくれた。

「おはようございます。そろそろ熱いお茶がうれしいでしょう」

「そうね。もう十月も終わりだもんね」

カルテの準備をしていると、ほかのスタッフたちも出勤してくる。九時ちょうどに全員がホワイトボードの前に着席する。院長の一ノ瀬真之《さねゆき》先生、半年前に採用された三沢孝太《こうた》先生、わたし中嶋享子《きょうこ》を入れて三人の看護師、そしてみっちゃんこと医療事務の山本倫子《やまもとみちこ》の総勢六人が、このクリニックのスタッフだ。

「みんな、おはよう。では、まず昨夜《ゆうべ》のオン・コールから」

一ノ瀬先生が、当番看護師の古沢美保《ふるさわみほ》さんに聞いた。在宅医療は二十四時間対応なので、週替わりで電話の当番をしなければならない。古沢さんがケータイの着信歴を確認して、

「オン・コールありませんでした」と報告する。

「じゃあ、今日のスケジュール」

一ノ瀬先生に促され、全員がホワイトボードに目を向ける。今日もわたしは三沢先生に同行する予定だ。訪問先は十件。それほどハードなスケジュールではない。だけど、午前の欄に立花《たちばな》タミヨさんの名前があるのを見て、わたしは小さなため息をついた。

「中嶋さん、どうかした？」

一ノ瀬先生が目ざとく聞いてくる。

「いえ、別に」

そう答えたものの、やはり気が重い。さりげなく三沢先生を見ると、同じく憂うつそうな目線が返ってきた。

立花タミヨさんは、重症のアルツハイマー病で、先月、ケアマネージャーから紹介されてきた人だ。年齢は七十歳。精神科の病院に入院していたが、もうすることがないと言われ、二カ月前に家に帰された。

タミヨさんの世話は、ご主人の聡一《そういち》氏が一人でしている。ケアマネージャーによると、聡一氏は他人を自宅のアパートに入れるのをいやがり、ヘルパーも拒否しているという。しばらくようすを見ていたが、タミヨさんが徐々にやせてきたので、ケアマネージャーがうちのクリニックに診察を依頼してきたのだ。

初診のときはひどい状況だった。玄関を入ったとたん、防毒マスクが必要なほどきついクレゾールの刺激臭に襲われたのだ。尿のにおいも混じっている。認知症の患者の家では珍しいことではないが、これほど強烈なのははじめてだった。

出迎えた聡一氏は、見るからに神経質そうで、黒縁眼鏡をかけ、眉間《みけん》に深い皺を寄せていた。ラクダのシャツにどてらをはおり、下は股引《ももひき》というだらしない恰好だ。

聡一氏は仏頂面のまま、わたしたちを六畳の和室に通した。タミヨさんは部屋のすみで、獣のように四つん這いになっていた。重度の認知症で座ることもできないようだ。上はシャツ一枚、おむつが剝《む》き出しで、脚は裸のままだ。首をうなだれ、伸び放題の白髪が頰に垂れている。

「こんにちは。あすなろクリニックから来た看護師の中嶋です」

顔をのぞき込んで挨拶したが、タミヨさんはまったくの無反応だった。これでは問診は無理だろう。三沢先生もそう思ったらしく、聡一氏に言った。

「今日は最初の診察なので、いろいろお話を聞きたいんですが」

聡一氏は不機嫌そうに煙草《タバコ》に火をつけた。

「まず、奥さんのこれまでの病気ですが」

「既往症ですか。何もないですよ」

わたしは、おや、と思った。既往症などという言葉は、一般の人はあまり使わないはずだ。

「薬のアレルギーは」

「ないでしょう。知りませんよ、そんなこと」

聡一氏が診察を歓迎していないのは明らかだった。分厚いレンズの奥の目は決してこちらを見ないし、口元もへの字に曲げたままだ。部屋の真ん中に炬燵《こたつ》があり、テレビはゲームの静止画面になっている。わたしたちが来るまでやっていたにちがいない。そこらにゲームソフトが散乱し、攻略本も伏せてある。聡一氏はテレビゲームで介護のストレスを晴らしているのだろう。

「奥さんの現在の状況ですが……」

三沢先生が訊ねると、聡一氏はますます険しい表情になった。食事や着替え、排泄《はいせつ》などを聞くと、聡一氏は怒ったように煙草を灰皿に押しつけた。

「何もできませんよ。見たらわかるでしょうが」

わたしは雰囲気を変えるために、タミヨさんに声をかけた。

「立花さん、血圧と脈拍を測らせてくださいね」

腕に血圧計を巻き、ゆっくりと加圧する。タミヨさんはうつむいたまま動かない。

三沢先生が診察をはじめた。目と口を診ようとするが、顔を上げないのでうまく所見が取れない。三沢先生はそのまま胸に聴診器を当て、簡単に診察をすませた。

聡一氏は新しい煙草に火をつけ、タミヨさんを見ながら自嘲《じちよう》するように言った。

「まったく厄介ですよ。長年、家族のために働いてきて、年をとったら家内に世話をしてもらおうと思っとったのに、このザマですからな」

聡一氏の不機嫌の理由は、自分が妻の介護をしなければならないことのようだった。男は外で働き、女は家を守って家族の世話をする、それが当たり前と思い込んでいる世代なのだ。

「髪が黒いから若く見られますがね、僕だってもう七十四なんだ。体力も落ちてる。家内の面倒を見ろと言われてもしんどいんですよ」

聡一氏は関西弁混じりの口調で顔をしかめた。仕事一筋で来た男性が、その年齢で家事をするのは大変だろう。しかし、それはある意味、自業自得ではないか。家のことをすべて妻に任せっきりにしていた結果なのだから。

「食事はきちんとされていますか」

三沢先生が聞くと、聡一氏は「さあ、食べてるんでしょ」と、台所を顎でしゃくった。床に食パンをのせた皿が置いてある。まるで犬の餌《えさ》だ。三沢先生もわたしも思わず顔を見合わせた。

それが癇《かん》に障ったのか、聡一氏は露骨に舌打ちをした。

「しょうがないでしょう。何をやっても食べんのだから」

「固形物の食事がむずかしいようなら、液体の栄養補給剤もありますよ。エンシュアはどうでしょう」

わたしは三沢先生に、高齢者によく使う総合栄養剤を提案した。

「そうだな。バニラとかコーヒー味とかありますが、どれがいいですか」

三沢先生が聞くと、聡一氏は「じゃあ、コーヒーを」と不承不承、受け入れた。

朝のミーティングが終わると、出動の準備をする。カルテを揃え、〝お道具箱〟の中身を調べる。忘れ物はない。わたしは車のキーを持って、三沢先生とクリニックの駐車場に向かった。

「今朝は上目黒からでいいですね。立花さんは午前のラストで」

「そうしよう。行きはよいよい帰りは怖い、だ」

やはり三沢先生もタミヨさんの診察がおっくうなようだ。

予定通り四件の診察をすませ、あとはタミヨさんだけとなったとき、先生が言った。

「今日は立花さん、すぐに出てくるかな」

二回目の診察のとき、聡一氏はドアホンを鳴らしてもなかなか扉を開けなかった。留守かと思ったが、中で人の気配がした。アパートの扉に耳を当てると、カチャカチャとプラスチックを叩くような音がした。

「まさかゲームをしてるんじゃないだろうな」

何度かドアホンを押すと、扉の向こうで「はぁい」と不機嫌そうな声が聞こえた。一分ほどして扉が開くと、唇をへの字に曲げた聡一氏が顔を出した。

「どうぞ」

何食わぬ顔で和室にもどる。案の定、テレビゲームが静止画面になっている。妻の介護をほったらかして、ゲームに熱中する聡一氏は、いったいどんな人間なのか。

先生が診察している間、わたしは密《ひそ》かに部屋を観察した。畳の上には着替えや新聞、肩叩き棒などが乱雑に散らばっている。苛立ちと不満が充満しているような部屋だ。しかし、少し異質なものもあった。壁際に文庫本が一メートルほどの高さに六列ほど積み上げてあるのだ。「文藝春秋」や「中央公論」もある。聡一氏はかなりの読書家で、インテリのようだった。それで「既往症」などという言葉も知っていたのだろう。

わたしはさらに目線を上げて戸棚を見た。ビデオテープが立てかけてある。「立花課長送別会ビデオ」とタイトルが貼ってある。さらに、退職のときに贈られたらしい寄せ書きが四枚。真ん中に大きな文字で「立花工場長、お疲れさまでした」「立花監督、万歳！　野球部一同」などと書いてある。

聡一氏は大手電機メーカーの工場長だったようだ。課長で定年を迎えたのだから、出世にはあまり縁がなかったのだろう。しかし、部下には慕われていたようだ。そうでなければ、送別会のビデオを贈られたり、色紙にあれほどメッセージが集まったりするはずがない。わたしは聡一氏の意外な一面を見た気がした。

けれど、いくら会社で人望があっても、奥さんの介護をきちんとできないようでは、人間として評価できない。男女の役割分担などとっくのむかしに崩れているのに、老いたら妻の世話になろうなんて、あまりに甘すぎる。わたしはやはり聡一氏によい印象を持つことができなかった。

三回目の診察となる今日、三沢先生がドアホンを押すと、また応答がなかった。

「今日もゲームかな」

扉に耳を押し当てかけ、先生は思わずのけぞった。

「何だ、このにおい。前よりひどくなってる」

わたしも扉の隙間に鼻を近づけた。濃い刺激臭が洩れている。

扉をノックすると、奥から「うぅー」と呻くような声が聞こえた。もしかして、聡一氏は具合が悪いのか。

「立花さん、大丈夫ですか。管理人を呼びましょうか」

声をかけると、ふらつきながら近づいてくる気配がした。扉を開けた聡一氏は、これ以上ないほど不機嫌な顔だった。

「あの、奥さんの診察に……」

三沢先生が言いかけると、聡一氏が不快げに声をかぶせた。

「昨夜は一睡もしてないんです。大便と小便の処理でね」

その怒気に押されて黙っていると、聡一氏は、「ま、どうぞ」とわたしたちを招き入れた。

廊下には目にしみるクレゾール臭と糞尿《ふんにょう》のにおいが立ちこめていた。冷気が澱《よど》んでいると思ったら、奥の窓が開けっ放しになっている。タミヨさんはシャツとおむつだけの姿で、部屋のすみに四つん這いになっていた。

「こんな日に窓を開けていたら、風邪をひいて肺炎になりますよ」

わたしは急いで部屋を横切り、窓を閉めた。

「暖房はどうしたんですか」

「そんなものつけられるか、臭くて」

「でも、奥さんの身体、こんなに冷たくなってるじゃありませんか」

わたしはタミヨさんの冷え切った背中をさすった。ふと見ると、おむつに紐が巻きつけてある。結び目が四重の固結びだ。その執拗さにわたしは凶暴なものを感じた。

紐をほどいていると、聡一氏が忌々《いまいま》しげに言った。

「そうでもしなきゃね、またおむつをはずすんでね」

「何かあったんですか」

「何かあったもへったくれもないよ、まったく」

聡一氏は炬燵の前にどしんと座り、腹立ち紛れに煙草に火をつけた。

「昨夜、僕が風呂から出てきたら、布団がびしょびしょになってるんだ。小便ですよ。おむつをしてるのに、わざわざはずして洟らすんだ。仕方がないから、布団のカバーを取って、夜中に洗濯機をまわして、乾燥機にかけてやっと一段落したと思ったら、今度は大便を畳になすりつけとる。こっちがきりきり舞いしてるのに、いったいどういう了見なんだ。すぐ洗面所で手を洗わせて、畳を濡れ雑巾で拭いて、ドライヤーで乾かして、それでもにおいが取れんから、クレゾールをまきまくったんです」

タミヨさんが汚した畳は、奥の四畳半らしい。布団が壁ぎわに寄せられ、真ん中に黒いシミがある。

わたしはタミヨさんの紐をほどきながら訊ねた。

「これはおむつをはずさないように巻いたんですか」

「そうですよ。便所の場所がわからんのは仕方がないが、せっかくつけているおむつをわざわざはずすのは許せない。しかも、よりによって布団や畳に排便するなんて、もうこっちへのいやがらせとしか思えませんな」

聡一氏が嘆くのも無理はなかった。認知症が進んでくると、トイレの場所がわからなくなる。しかし、排泄のときに下着をおろすことだけは覚えていて、わざわざおむつをはずすのだ。

「あんまり腹が立つんで、尻をひっぱたいてやりましたよ。そしたら僕をにらみつけてね。痛いことをされたら、やっぱり怒るんですな。少しは人間の心が残っとるんでしょうかな。ははっ」

聡一氏は憎々しげに嗤《わら》った。三沢先生がその言葉に表情を変えた。頬がかすかに紅潮している。

先生は聡一氏を無視して、タミヨさんにていねいに言った。

「さあ、立花さん、看護師さんに血圧を測ってもらいましょうね」

タミヨさんがわずかに顔を上げる。三沢先生がうれしそうにわたしを振り返った。

「ほら、ちゃんとわかってるよ」

聡一氏は三沢先生に無視されて戸惑っているようすだったが、やがて片手で顎を支え、炬燵の上でうつらうつらしはじめた。

診察をすませてから、三沢先生は聡一氏に言った。

「特に変わりありません。今日はこれで終わります」

杓子定規《しゃくしじょうぎ》に言い、返事も待たずに立ち上がる。帰り際に、タミヨさんに向かっては、「風邪をひかないようにね」と優しい声をかけた。

アパートの外へ出るなり、三沢先生は声を荒らげた。

「なんてひどいダンナだ。〝少しは人間の心が残っとる〟なんて、当たり前じゃないか。認知症の人だって人間なんだ。それをあんな動物みたいな扱いをして。ぼくは診察をしていてムカムカしたよ」

「ほんとですね」

相づちを打ちながら、わたしは意外な思いで三沢先生を見た。クリニックに来た当初は、どちらかといえば三沢先生も聡一氏に近い感覚だったのではないか。認知症イコール何もわからない人、と見なすようなところがあった。それが一ノ瀬先生の指導で、徐々に認知症の患者さんに理解を深めたようだ。

クリニックに向けて走りだすと、雨が降りだした。

「あのダンナ、自分のやってることがわかってるんだろうか。あれは完全な虐待だよ。この寒空に窓を開けっ放しにするなんて、わざと肺炎にするつもりだと言われても仕方ないぞ」

三沢先生はまだ気が収まらないようだったが、わたしは同意しきれなかった。

「でも、先生、虐待を非難するだけじゃだめなんじゃないですか」

「どうして」

「ただ怒るのなら、テレビで『ぜったいに許せない』とか言ってるコメンテーターと同じですもん。現場にいる我々は、もっと現実的なことを考えないと」

「現実的なことって」

三沢先生が腕組みしたまま、やや弱気な声になった。

「タミヨさんを守るために、どうすれば効果があるかですよ」

しかし、いったいそんな方法があるだろうか。

沈黙を強調するかのように、ワイパーは規則正しく視界を横切り続けた。


クリニックにもどってから、わたしはタミヨさんを紹介してくれたケアマネージャーに電話をかけた。聡一氏の状況を説明し、このままでは共倒れになりかねないと伝えた。ケアマネージャーは、すぐ身内に連絡をとってみると言った。

昼休み、先輩看護師の古沢さんにタミヨさんのことを相談した。このままだと虐待がエスカレートして、いつ警察沙汰になるかもしれない。そう訴えると、古沢さんは「まずいわね」と低く言った。

横にいた後輩のチーコこと青木《あおき》千佐子《ちさこ》看護師が、心配そうに口をはさんだ。

「いつだったか大阪で、認知症の父親に娘が犬の鎖をつけて、電柱につないでいた事件がありましたよね」

「その父親どうなったの」

「死にました。首に巻かれた鎖で窒息して」

「そういえば、昨日の夕刊にも介護殺人の記事が出てたわね」

古沢さんが言うと、みっちゃんが事務室から新聞を持ってきた。

「これですね。『認知症の妻絞殺　老老介護　悲痛な叫び〝早く楽になりたい〟』」

女四人が新聞に顔を寄せる。立花さんのところも似たような状況だ。聡一氏は今はゲームで憂さを晴らしているが、長続きするとは思えない。新聞記事の夫も、一睡もできない夜が続いたと書いてあった。睡眠不足はまともな判断力を奪う。聡一氏も発作的にタミヨさんに手をかけるのではないか。そう思うと、わたしは居ても立ってもいられなかった。


翌日、ケアマネージャーから連絡があった。立花さんの二人の娘は遠方にいて、すぐ介護に参加できる状況ではないとのことだった。それで、タミヨさんをデイサービスに通わせることにしたという。四つん這いの状態でデイサービスになど行けるのかと不安だったが、ほかに方法はなさそうだった。

二週間後、立花さん宅へ診察に行くと、ケアマネージャーも来ていた。タミヨさんは前の週からデイサービスに行きはじめていて、かなり雰囲気が変わっていた。セーターを着てズボンをはき、四つん這いでなく横座りをしている。顔は相変わらず伏せているが、髪はきれいに切り揃えられている。デイサービスで散髪してもらったようだ。

そんなタミヨさんを見ながら、ケアマネージャーが聡一氏に明るく言った。

「デイサービスに行くようになって、奥さん変わりましたね。表情も明るくなったし、少しずつよくなりつつあるんじゃないかしら」

「そんなわけないだろ」

聡一氏は憮然《ぶぜん》と応えたが、わずかな希望は持っているようだった。

「食事はどうですか」

三沢先生が聞くと、ケアマネージャーが「デイサービスでは八割がた食べてるようです」と答えた。

「よかったですね。お風呂も入れてもらうんでしょう」

「らしいですな」

聡一氏が応えた。こんなにスムーズな返事は今までなかった。テレビを見ると、ゲームの画面が消えている。聡一氏の心境に少し変化があったのだろうか。

さらに二週間後の診察では、聡一氏に明らかな変化が見られた。デイサービスで教わったトイレ誘導を家でやってみたら、うまくいったというのだ。

「排尿のころ合いを見計らって、便所へ連れて行くんです。すぐ出るときもあれば、しばらくかかるときもある。もう出ないのかと思いかけると、じゃあっと出たりする。こっちがうまくタイミングをつかむと出るんです。一回出ると、しばらくは安心ですからな」

聡一氏はトイレ誘導の話を、かすかな高揚感をもって語った。

やがて尿だけでなく、便の誘導にも挑戦しはじめた。

「排便のポイントは下剤ですな。出ないと思って薬を増やすと、下痢になる。下痢になったからと薬をやめると、また出なくなる。つまり、先を読んで量を決めなければならんということです」

三沢先生が処方したのは、ラキソベロンという滴下型の下剤だった。ふつうは十滴とか十五滴とか、きりのいい量をコップの水に溶かして使うが、聡一氏は日によって一滴ずつ微調整していた。インテリだから、そういうことが好きなようだ。

「便の状態を見て、翌日の量を決めるんです。それにしても、人間の身体というのはデリケートなもんですなぁ。同じ量でも、効き目がまるでちがう。失敗すると、僕は理由を考えるんです。すると必ず思い当たることがある。前の日に柿を食わせたとか、腹を冷やしたとか。どんぴしゃでいい便が出ると、やはりうれしいですよ。よくやったと、こいつをほめてやるんです。ま、反応はありませんが」

聡一氏が照れくさそうにタミヨさんを見た。黒縁眼鏡の奥の目に、前にはなかった穏やかさが浮かんでいる。

診察のたびに排便の話を聞かされるので、三沢先生は辟易していたが、状況は悪くなかった。

「あの立花さんが、あれほどトイレ誘導に夢中になるとは思わなかったよ」

「ほんとですね。でも、思いがけない突破口になりましたね」

排泄のトラブルが減ると、聡一氏にも余裕が出たようだ。それまでだらしないどてら姿だったのが、動きやすいジャージの上下を着るようになった。不慣れだった介護も、独特の研究熱心さで克服していった。タミヨさんがデイサービスに行っている間、聡一氏は散歩したり自転車で買い物に行ったりする。それが気分転換になるのか、聡一氏は徐々にテレビゲームをしなくなった。いつしかコントローラーは部屋の隅に置きっぱなしになり、やがてソファとといっしょに押入に片づけられた。

タミヨさんにも変化が見られた。デイサービスに行く日はわかるらしく、その日は自分で着替えをさがすという。もう四つん這いになることはなく、座椅子にも座れるようになった。聡一氏が食事を工夫すると、タミヨさんの食欲も回復した。

「この前のシナモントーストには笑ったな」

聡一氏に批判的だった三沢先生も、その変貌《へんぼう》を素直に喜んだ。シナモントーストは聡一氏が作って、十六等分してあったのだ。最初は生の食パンを与えていたのに、それがトーストになり、バターつきになり、ついにはシナモントーストにまでヴァージョンアップした。

「家内はむかしからシナモントーストが好きでね。だから作ってやったのに食べないんです。なんでだろうと思ったら、僕に食べさせてくれというんですな。それで半分に切ってやっても食べない。四つに切っても食べない。十六等分にして、やっと食べたんです」

タミヨさんは自分で食べられないわけではないが、シナモントーストは聡一氏にフォークで一切れずつ食べさせてもらわないとだめらしい。まるで赤ちゃんだが、聡一氏は苦笑しながら従っていた。初診のころからすると、考えられない変わりようだ。

「ご主人、優しいですね」

わたしが言うと、聡一氏はしんみりした口調で返した。

「まあ、一種の罪滅ぼしですな。こいつには苦労のかけっぱなしだったから」

仕事一筋だった聡一氏は、家庭のことをタミヨさんに任せっきりにしていたらしい。娘たちがグレかけたときも、いじめにあったときも、聡一氏は知らん顔だったという。子育て以外にも、タミヨさんは舅《しゆうと》を家で看取り、姑《しゆうとめ》が入院したときは五キロも離れた病院に自転車で通ったという。

「何しろ、仕事が忙しかったんでね。若いころの僕はイライラしっぱなしでした。家族がテレビを見て笑ってるだけで腹が立ってね。こっちも疲れてるし、ノルマに追われてるし、部下の面倒も見てやらにゃならん。でも、今になってみると、家族もピリピリしてたんだと思います。それでもタミヨは愚痴ひとつ言わずに、じっと我慢していました。こいつがこんなふうになったのも、もしかしたら、僕がカッカしすぎたせいかもしれない」

聡一氏はそう言って短く鼻をすすった。

その後、タミヨさんの介護状況は安定した。聡一氏は家事にも慣れ、診察に行くと腕まくりで洗濯物を干したりしていた。

十二月の二回目の診察のとき、聡一氏はタミヨさんがデイサービスで作ったクリスマスカードを三沢先生に見せた。

「このクリスマスツリー、タミヨが色を塗ったんです。横に眼鏡が描いてあるでしょ。僕のことを思い出してるんじゃないでしょうか」

たしかにツリーにぶら下げるように、黒縁眼鏡がクレヨンで描かれている。

「かもしれませんね」

三沢先生が調子を合わせると、聡一氏はカードを見直してうなずいた。

「やっぱりな。最近、家内の反応が変わってきたように思うんです。今まで僕のこともわからんかったんですが、ちょっとずつ甘えるようになってきてね。夜なんかも同じ布団で寝るんです」

「へえ」

三沢先生が感心すると、聡一氏は慌てて弁解した。

「いや、こいつが勝手に入ってくるんですよ。そうしないと眠れんみたいで。トラウマなんでしょうな。若いころ、僕がフィリピンの工場に単身赴任してたとき、ちょっとした事件がありましてね。家内がマニラに遊びに来たとき、悪い同僚が、冗談で僕に現地妻がいると吹き込んだんです。家内はそれを真に受けて、証拠をつかむまで帰らないと言って、一週間の予定が二カ月もいました。そのとき、毎晩、同じベッドで寝たんです。それを思い出しているんじゃないかな」

途中から自分で懐かしくなったらしく、聡一氏は照れくさそうに笑った。在宅医療のいいところは、こんなふうに患者や家族の人生に触れられることだ。

「欲目かもしれませんが、むかしの家内にもどりつつあるような気がして……」

「一喜一憂はしないほうがいいですよ」

三沢先生がやや間をおいて言った。認知症の改善が簡単でないのはわかっているが、少しくらい励ましてあげればいいのに。しかし、聡一氏は素直にうなずいた。

「そうですな。ぜいたくは言いません。これ以上悪くならなきゃいいんです。今の僕は、家内のために生きてるようなもんですからな。着替えや食事の世話で、一日があっという間です。家内がいなくなったら、僕はすることがなくなりますから」

診察のあと、聡一氏はタミヨさんの横で頭を下げた。

「こんなヤツですが、先生、ひとつよろしくお願いします」


年末年始を無事に過ごしたあと、一月最初の診察に行くと、和室の壁にまだクリスマスカードが貼ってあった。聡一氏はもう一度、タミヨさんに自分のことを思い出してほしいようだった。

タミヨさんは、「あー」とか「うぅ」とか声は出すが、言葉はしゃべらない。聡一氏が夫であることも、わかっているのかどうか疑問だった。診察のとき、ときどき聡一氏はダメもとでタミヨさんに聞く。

「おい、俺がだれだかわかるか。ほら、俺はだれだ」

答えのないタミヨさんを見て、寂しそうに笑い、独り言のようにつぶやく。「ま、罪滅ぼしですからな。わかろうがわかるまいが、僕は自分にできることをやるだけで……」

前回の血液検査から三カ月たったので、三沢先生はタミヨさんの採血をした。別にどこが悪いわけではない。単なる定期検査だ。

ところが、翌日、思いがけない結果が返ってきた。白血球が一九〇〇しかないのだ（正常値は三六〇〇以上）。さらにコメント欄に、「芽球様《がきゅうよう》細胞、異常リンパ球、骨髄巨核球様細胞を認めます」と書かれていた。詳しくはわからないが、不吉なコメントであることはわたしにも察しがつく。

すぐに三沢先生にデータを持っていくと、ざっと目を通して顔色を変えた。

「白血球だけじゃないよ。赤血球も血小板も減ってる。パンサイトペニア（汎《はん》血球減少症）だ」

「何の病気が疑われるんですか」

「再生不良性貧血か、骨髄異形成症候群かもしれない。専門医に診てもらわないと詳しくはわからないけど」

消化器内科出身の三沢先生は、血液疾患にそれほど詳しくないようだった。先生は立花さん宅に連絡を入れて、午後から臨時の往診に行くと告げた。

今まで予定外の訪問などなかったので、聡一氏はかなり緊張したようだ。ジャージの上にエプロンを着けたまま戸口で待っていた。

和室に入って、三沢先生が検査の説明をした。

「とにかく血液内科の専門医に診てもらう必要があります」

「じゃあ、すぐ着替えて用意します」

立ち上がりかける聡一氏を制して、三沢先生は言った。

「待ってください。まずこちらで病院をさがします。そんな一刻を争う事態ではありませんから」

それでも聡一氏は落ち着かず、そわそわと腰を浮かせていた。

クリニックにもどって、三沢先生は連携病院のリストから適当なところをさがした。都立京成《けいせい》病院が、立花さん宅から近いことがわかり、三沢先生は、血液内科宛に紹介状を書いた。わたしは、京成病院の地域連携室に電話をかけ、血液内科の外来診察日を問い合わせた。

翌々日、聡一氏は紹介状を持って、タミヨさんを京成病院へ連れていった。

わたしは夕方、立花さん宅へ電話をかけて、診察の結果を訊ねた。

「担当は女の先生でした。忙しそうで、ずいぶん待たされたのに、診察はほんのちょっとでした。三沢先生みたいにしっかり診てもらえたらよかったんですが」

病院では、在宅医療のようにゆったりとした診察は期待できない。そのことをあらかじめ説明しておけばよかったと、わたしは反省した。

「で、診察の結果はどうでしたか」

「あとで三沢先生に返事を書くと言ってました」

聡一氏は、不安と不満の入り交じった声で答えた。

数日後、京成病院の早崎佐智代《はやさきさちよ》という血液内科の医師から報告書が届いた。診断はやはり骨髄異形成症候群だった。

「ひどいな、この報告書。これが専門医の書く内容だろうか」

読み終えた三沢先生が舌打ちをして、報告書を見せてくれた。文面には次のようにあった。

『MDS（骨髄異形成症候群）ですので、治療法はありません。白血病に移行する可能性が高いですが、化学療法は無理だと思われます。感染、出血が死因になると考えられますが、入院治療の適応はありませんので、貴院にてフォローをお願いいたします』

ワープロ書きの、そっけない手紙だ。患者を思いやるような言葉もないし、「ご紹介ありがとうございました」の謝辞もない。この女性医師の冷たい人柄が、そのまま表れているような報告書だった。

「先生、これじゃとても立花さんに十分な説明はできませんね。この専門医に電話して、もう少し詳しく聞いたらどうですか」

「え、うん……」

三沢先生は及び腰だったが、わたしが京成病院に電話をして、早崎医師を呼び出してもらった。三沢先生はかなり頑張って質問したが、結果は芳しいものではなかった。要するに、タミヨさんは年齢的に治療の対象にならないというのだ。有効性の高い骨髄移植は高齢者にはむずかしいし、抗がん剤による治療も、副作用で逆に寿命を縮める危険があるらしい。

三沢先生とわたしはその日の夕方、ふたたび臨時で立花さんの家に行った。聡一氏は台所で夕食に煮込みうどんを作っていた。タミヨさんはビニールの前掛けをつけてもらい、炬燵の前に座っている。関西風のダシが、場ちがいにいい香りを漂わせていた。

三沢先生は聡一氏に骨髄異形成症候群について説明し、今はしばらくようすを見ていくしかないと告げた。聡一氏は腕組みをしたまま、うなるように言った。

「つまり、手の打ちようがないということですか」

「まあ、そうですね」

三沢先生があっさり認めたので、わたしは唇をかんだ。もう少し言いようがあるだろう。いくら治療法がなくても、何か希望を持たせることはできないのか。

焦れったい思いで背中をにらんでいると、気持が伝わったのか、三沢先生は聡一氏を励ますように言った。

「でも、骨髄異形成症候群だけなら、急に悪くなるわけではないんです。白血病にならなければ大丈夫ですから」

「どうすれば白血病にならないんです」

聡一氏は身を乗り出して質問した。「このまま止めておくには、何に気をつければいいんです？　食べ物は何を食べさせればいいんです？　運動はしたほうがいいんですか。デイサービスは続けてもいいんですか。白血病を抑える特別な薬はないんですか」

三沢先生はたじろぎながら答えた。

「特別な方法はありません。デイサービスも続けてください。強いていえば、過労とストレスを避けることくらいかな」

「ビタミン剤はどうです？　カルシウムとかは効きませんか」

「そうですね。貧血にはビタミン$B_{12}$を使うことはあります。調べて必要な薬を出しましょう」

「どうかよろしくお願いします」

深々と頭を下げる聡一氏の横で、タミヨさんは食欲を失ったようにうつむいていた。

それからの聡一氏の努力は、実に涙ぐましいものだった。タミヨさんを少しでも疲れさせないようにと、着替え、食事、洗顔、歯みがき、排泄、清拭《せいしき》と、日常生活のほとんどを徹底的に介助した。食事の内容にも気を配り、バランスやカロリーだけでなく、特製のスープや、リンゴとニンジンのジュースを毎朝飲ませたりした。もともとインテリだから、情報収集は得意で、タミヨさんがデイサービスに行っている間に図書館に通い、専門書も何冊か読んだようだった。

診察に行くと、聡一氏は毎回熱心に三沢先生に質問する。

「温熱療法というのがあるらしいですが、白血病を抑える効果はないでしょうか。オゾン治療もあるそうですが」

質問はほとんどが見当はずれだったが、聡一氏としては藁《わら》にもすがる思いだったのだろう。三沢先生が感染に注意するようにと言うと、聡一氏はタミヨさんだけでなく自分も日に何度もうがいと手洗いをした。ちょっと咳が出ると、すぐに最新式の立体マスクを買ってきて一日中着用した。三沢先生の指示を守り、懸命の介護を続けていれば、白血病を抑えられると信じているようだった。

血液の異常がわかってから、三沢先生は毎週診察に行くことにした。聡一氏は血液検査も毎週希望したが、それは二週間ごとで十分だと先生が説明した。

一月の最終週、聡一氏は急にタミヨさんのデイサービスをやめさせると言いだした。

「この連絡ノートを見てください。昼食の摂取量を二割とか三割とか書いてある。真剣に食べさせていないんですよ。二割くらいの食事で身体がもつはずがない。こんなことを書いて平気でいるところには、もう行かせられない」

聡一氏は、あらかじめ用意していたホットケーキを、我々の目の前で食べさせた。シナモントーストと同じく十六等分して、ハチミツをかけたホットケーキをタミヨさんはゆっくりと食べた。

「ほらね。ちゃんと世話をすれば食べるんですよ。なあ、タミ、これから俺が食べさせてやるからな」

聡一氏は血液の病気がわかってから、タミヨさんを「タミ」と呼ぶようになっていた。若いころの呼び名らしい。

デイサービスをやめる理由は、食事介助への不満だけではなさそうだった。ほんとうのところは、少しでもタミヨさんといっしょにいたいということではなかったか。

タミヨさんの貧血は徐々に進み、一月の終わりには赤血球が二一〇万になった（女性の基準値は三八〇万〜五〇四万）。食欲も落ち、聡一氏が懸命に介助しても通常の二割ほどしか食べなくなった。それでも何とか食べさせようとするから、昼前に診察に行ってもまだ朝食が終わっていない。

「頼むから食べてくれ。食べんと元気が出んじゃないか。ねぇ、先生、食べている間は大丈夫なんでしょう」

口元にスプーンを押しつけながら、すがりつくような目で三沢先生を見る。先生は困った顔で言った。

「じゃあ、点滴でもしましょうか。取り敢えず、週に三日」

「ありがとうございます。でも、先生、点滴は毎日してもらえないんですか」

「いや、それは毎日してもいいんですが」

先生が口ごもると、聡一氏は「お願いします」と頭を下げた。

三沢先生はなんて演技が下手なんだと、わたしはまた唇をかんだ。点滴がタミヨさんの病気にほとんど効果がないことは、わたしにもわかる。でも、聡一氏を少しでも安心させるためには、効き目があるような雰囲気を出すべきではないのか。それで元気が出る患者もいるのだから。

その日から、わたしはクリニックのほかの看護師と交代で、タミヨさんの点滴に通った。タミヨさんは点滴をいやがった。針を刺されるのが痛いのだろう。聡一氏がそれを懸命に説得する。

「痛いのはわかってる。けどな、点滴をしないと身体が弱るんだよ。頼むからじっとしていてくれ。すぐ終わるから。看護師さんがうまくやってくれるから」

それでもタミヨさんは抵抗をやめない。聡一氏がタミヨさんの肘を押さえつけながら、しぼり出すような声で言った。

「こんなにおまえのことを思ってるのに、どうしてわかってくれないんだ」

わたしは平常心を保つよう、必死に気持を集中させて点滴の針を刺した。テープで固定し終えたあとも、聡一氏はタミヨさんの腕を放さない。

「動いて点滴が洩れたらいかんので、僕が最後まで押さえています」

「でも、二時間くらいかかりますよ」

「平気です」

聡一氏は点滴に特効薬でも入っているかのように、透明な輸液パックをじっと見上げた。

点滴をはじめても、タミヨさんの食欲は回復しなかった。聡一氏は「けっこう食べてますよ」と強がっていたが、実際はそうではなかったろう。ある朝、点滴に行くと、聡一氏はうれしそうにこう言った。

「看護師さん、タミは今日、重湯《おもゆ》をスプーンに三杯飲んでくれました」

このままでは衰弱する一方なので、三沢先生はタミヨさんの入院を勧めた。聡一氏はしばらく考えていたが、やがてぽつりと訊ねた。

「入院したら、よくなりますか」

「さあ、それは今のところ何とも……」

「ならけっこうです。どうしようもなくなって、いよいよとなったらお願いしなきゃならんでしょうが、せめて白血病になるまでは、家で看てやりたいと思います」

入院させたらもう帰ってこられない。聡一氏はそう覚悟しているようだった。

二月最後の診察のとき、スケジュールの都合でタミヨさん宅の訪問が夕方になった。五時を過ぎてしまい、三沢先生といっしょに暗くなった道を急いだ。ドアホンを鳴らすと、聡一氏はまた以前のどてらをはおって出てきた。顔が赤い。和室へ行くと、炬燵の上にウィスキーのグラスが置いてあった。

「いや、面目《めんぼく》ありません。この時間になると、どうしても飲まずにはいられなくて」

それまでにも、聡一氏が飲んでいることはあった。夜にタミヨさんの発熱で電話をかけてきたとき、聡一氏は酔いをカムフラージュするため、異様にていねいな言葉遣いになっていた。

「ハイッ、ただちに座薬を入れさせていただきます！」などと言うので、かえって酔っているのがわかるのだ。しかし、診察のときに飲んでいたのははじめてだった。

診察の間、聡一氏はあぐらをかいて、じっとうつむいていた。グラスにはストレートのウイスキーが三分の一ほど入っている。

「あまり飲みすぎるとよくないですよ。せめて水割りかロックにされたら」

わたしが言うと、聡一氏は鼻の上にずれた眼鏡をなおそうともせずにうなずいた。

「ありがとう、看護師さん」

目に力がない。寂しげな肩をすぼめながら、だれに言うともなく語りはじめた。

「こんなやつ、いなくなればいいと何度も思いました。便の始末やら洗濯やらで、ヘトヘトになって、いくら一生懸命世話をしても、ぜんぜんわからん。こいつさえいなければ、どれだけ自由か、ずっとうらめしく思ってました。でも、友だちから電話がかかってきて、カミさんを大事にしろよと言われたんです。そいつも奥さんに先立たれて寂しがってる。病気でも、いっしょに暮らせるだけ幸せだぞと言われた。ふしぎなもんで、デイサービスをやめてるのに、タミは早く起き出すんです。迎えのバスは来ないと言っても、玄関のほうを向いてしょんぼりと座ってる。何もわからないのが不憫《ふびん》でねぇ」

眼鏡がさらにずり落ち、滑稽と哀愁が入り交じる。聡一氏はウィスキーのグラスを見つめながら続けた。

「こいつには苦労をかけました。今死なれると、十分な恩返しができないんです。だから焦ってるんです。どうやったらむかしの苦労を取り返せるか。僕の勝手な思いかもしれません。遅すぎるかもしれません。でもね、今の僕にはそれしかできんのです。過去にもどって、女房孝行してやれるものならしてやりたい。僕の部下がね、むかし白血病で死んだんです。若かったせいか、苦しみぬいて死によった。あの苦しみを、家内にもさせるのかと思うと、もうやりきれんのです。ちょっと触ると痛いと言うし、なんとかしてやれないものか。入院のことは、娘とも相談しましたが、どうせ最後まで看切れないんだから、いつか入院させないとと言われました。でもね、僕は、できるだけ家でね……、だから……、いや、すみません。愚痴を言いました。僕もつらいんです。僕は、そんな強い人間じゃありませんから」

聡一氏の頬を涙が伝った。妻の認知症で苦労させられ、なんとかそれを克服したと思ったら、今度はその妻が不治の病におかされる。なんで自分ばかりがと、聡一氏は運命を呪いたい気持でいっぱいだったろう。わたしも横を向いて、涙を拭った。

診察を終えた三沢先生が、いつの間にか正座して聡一氏の話を聞いていた。それに気づいた聡一氏がびっくりしたように正座する。

「や、どうも。先生、まあ一杯いってください」

グラスにウィスキーを注ぎかけるのを、三沢先生が慌てて止めた。

「いや、まだ勤務中ですから」

「そんな、警察官みたいなこと言わないで。こいつもつき合ってくれりゃなぁ」

聡一氏が泣き笑いの顔でタミヨさんを見た。タミヨさんは顔を伏せたまま動かない。三沢先生はそそくさと立ち上がり、玄関に向かった。

「それでは失礼します。何かあったらいつでも連絡してください」

わたしもあとに従ったが、帰り際、ふと見たタミヨさんの呼吸がいつもより荒いのが気になった。

三月の第一週、至急連絡で依頼しておいたタミヨさんの血液検査が、夕方ファックスで届いた。白血球は八〇〇、異常リンパ球が六九パーセントに達していた。タミヨさんはついに白血病を発症したようだった。

「思ったより早かったな」

三沢先生はデータを見ながら、厳しい表情になった。タミヨさんは少し前から疲れがひどくなり、昼間でも寝ていることが多くなっていた。顔色も青白くなっていたので、わたしは三沢先生に訊ねた。

「貧血はどうです」

「赤血球が一五一万。限界だ。輸血するしかないな」

次の日、朝いちばんで立花さん宅を訪問すると、聡一氏は沈んだ表情でわたしたちを迎えた。

「たいへん残念ですが、奥さんは白血病を発病したようです」

「……そうですか」

あれだけ懸命な介護を続けたのに、病気とはなんと残酷なものだろう。聡一氏はどうにもならない現実に押しつぶされ、精も根も尽き果てて、悲しむ力さえ残っていないかのようだった。

「それで今後の方針ですが」

三沢先生はカルテに目を落としながら言った。「貧血が強いので、輸血をしなければなりません。そのためには、やはり入院していただく必要があると思います」

「わかりました。これが限界ですな。あのベッドもあんまり役に立ちませんでしたなぁ」

タミヨさんは寝ている時間が長くなったので、聡一氏は先週、ケアマネージャーに連絡して介護用のギャッジベッドをレンタルしていた。添い寝はできなくなったが、ベッドの横に布団を敷いて寝ると、タミヨさんは安心して眠ったらしい。

「いつか別れなきゃいけないときが来るのは、覚悟していました。少しでも家のことを覚えてくれているといいんですが」

聡一氏は立ち上がり、四畳半に置いたベッドの脇へ行った。タミヨさんは横向きで、両手を顎の下にしまい込むようにして眠っていた。

「タミ、とうとう入院するんだ。この家を出ていくときは見納めだと思って、しっかり見ていけよ」

三沢先生はクリニックにもどって、早崎医師に紹介状を書いた。検査データのコピーも同封して、電話で外来の予約を入れた。わたしはなんとなく胸騒ぎがして、タミヨさんの診察に付き添うことにした。

翌日の午前九時、聡一氏とタミヨさんを介護タクシーに乗せて、京成病院に向かった。受付には大勢の人が並んでいた。みんなつらいのは同じだと思いながら、少しでも早く診察してもらえるよう、総合案内に掛け合った。

「在宅医療で関わっている看護師ですが、患者さんが重症の貧血なので付き添ってきました。できれば早く診てもらいたいんですが」

「じゃあ緊急扱いにしましょう」

案内係の女性がカウンターから出てきて、血液内科外来に誘導してくれた。聡一氏が緊張した面持ちでタミヨさんを乗せた車椅子を押してくる。

「ここでお待ちください」

待合室で順番を待つ。紹介状は女性が窓口に渡してくれていた。外来の担当表を見ると、早崎医師には部長の肩書きがついていた。

「早崎先生は部長だわ。血液内科のトップですよ」

　わたしは聡一氏を少しでも安心させようと、耳打ちした。

　どれくらい待つのだろうと思っていると、十分ほどで診察室に呼ばれた。

「先日はお世話になりました」

　聡一氏が頭を下げても、早崎医師は電子カルテから目を離さない。やせて化粧気のない神経質そうな医師だ。三沢先生からの紹介状に目を通し、感情のこもらない声で言った。

「一月に診察した方ですね。あなたは訪問看護師？」

「いえ、三沢先生といっしょに在宅医療をしています」

「わかりました。じゃあ、処置室へ行ってください。輸血をしますから」

　電子カルテに短く入力してから、早崎医師は素早く輸血伝票に判を押した。

　病室へ行くと思っていたのに、なぜ処置室で輸血するのか。状況を確かめたいと思ったが、早崎医師はすでに次の患者の電子カルテに集中していて、とても質問できる雰囲気ではなかった。

　外来の看護師にうながされ、わたしたちはとなりの処置室へ移った。処置用のベッドの横に、濃厚赤血球のパックが吊されている。タミヨさんを車椅子からベッドに移すとき、わたしは聡一氏に「腕を押さえたほうがいいです」と耳打ちした。

　処置室の看護師が輸血用の太い針を持って近づくと、タミヨさんは何をされるか察して、ベッドから下りようとした。

「タミ、おとなしくしろ。迷惑をかけたらいかん。言うことを聞かないと置いてもらえんぞ」

聡一氏がタミヨさんの両肩を押さえつけ、わたしも横から手首を持った。看護師が駆血帯《くけつたい》を巻く。一度でうまく入らない。タミヨさんが悲鳴をあげ、脚をばたつかせる。

「タミ！　頼む。動かんでくれ」

聡一氏がタミヨさんにのしかかりながら必死に言う。タミヨさんはよけいに激しく抵抗する。祈るような気持で見ていたら、やっと三度目に針が血管に入った。

輸血がはじまっても、聡一氏はタミヨさんの身体を押さえ続けた。タミヨさんは歯を食いしばり、苦しげな呻き声をあげる。

四十分くらいで輸血が終わると、わたしたちはふたたび早崎医師の診察室に呼ばれた。早崎医師は電子カルテに英語の入力をして、無表情に言った。

「今日はこれでけっこうです。次は来週のまた同じ時間に」

一瞬、何を言われたのかわからなかった。聡一氏もあぜんとしている。わたしはできるだけ冷静に訊ねた。

「入院するんじゃないんですか」

「入院の適応はありません。前にお宅の主治医にそう返事したはずです」

「でも、あれからずいぶん悪くなってるんですよ」

「わかっています。だから来週、また輸血をしましょうと言っているのです」

ここまで貧血を放置していたのがいけなかったのか。わたしは不安に襲われた。

「もっと早く連れてきていたら、入院させてもらえたんですか」

「いいえ。入院させるのなら、最初に診察した段階で入院させます。紹介状の返事にも書いた通り、はじめから入院の適応はないということです」

なぜ、とわたしは声を荒らげそうになったが、聡一氏が両膝を握りしめて、身を乗り出した。

「タミヨが認知症だから、入院させてもらえないんですか。ボケた患者は、手がかかるから入院させないんですか」

「ちがいます」

「じゃあどうしてです。タミヨはもう治らんから、入院させんというわけですか」

「まあ、そうですね」

聡一氏は目を大きく開いて絶句した。早崎医師は不愉快そうに目を逸《そ》らしている。

早崎医師は、タミヨさんを完全に見捨てていた。わたしも医療者の端くれだから、病院の事情はわかる。京成病院は急性期病院で、治る見込みのない患者は受け入れにくい。だが、こんなに状態の悪い患者に帰れと言うのはあまりに理不尽ではないか。いくら病院のシステムがそうであっても、目の前の患者を見捨てて何の医療か。

わたしは早崎医師に詰め寄った。

「家に帰っても大丈夫なんですね。先生、責任を持ってくれるんですね」

そんな言い方がよくないのはわかっている。でも、聡一氏の気持を思うと、とても黙っていられなかった。

早崎医師は眉をひそめ、露骨にため息をついた。

「あなたも看護師ならわかるでしょう。この患者さんはエンドステージ（終末期）です。おそらく余命は数日でしょう」

「ふざけるな！」

突然、聡一氏が席を蹴って立ち上がった。

「あんたはさっき、来週の同じ時間に来いと言ったじゃないか。数日で死ぬんなら、来週の輸血はどうやってするんだ」

早崎医師が一瞬、肩をすくめ、苦笑いを浮かべた。たしかに言いまちがいはしたが、それは大した問題ではないと言いたげだった。

「もういい。家内は連れて帰る。こんな病院、だれが入院するもんか」

聡一氏はタミヨさんの車椅子を荒々しく反転させて、診察室から出ていった。わたしもあとを追った。

「悔しい。なんて病院だ。止《や》むに止《や》まれぬ思いで入院を覚悟したのに、こんな仕打ちを受けるなんて。こうなったらもう家で最後までタミを看ます」

わたしはさっき帰した介護タクシーを、ケータイでもう一度呼んだ。


アパートにもどってから、聡一氏といっしょにタミヨさんをベッドに寝かせた。自分が付き添っていながら、入院させてもらえなかったことにわたしは責任を感じた。三沢先生のケータイに連絡を入れると、先生も早崎医師の対応に怒っていた。

「でも、京成病院に無理に頼むのはやめたほうがいいな。どこかほかの病院をさがそう」

そのことを伝えると、聡一氏はうつむいたままつぶやいた。

「病院へ行って、何かいいことがありますか」

心が冷え切ったような声だ。たしかに入院しても有効な治療はできないだろう。せいぜい輸血をするだけで、それもどれほど延命効果があるかわからない。わたしが答えられずにいると、聡一氏は少し調子をやわらげて言った。

「それだったら、僕が看ます。子どものころ、家で年寄りが死ぬのを見てるんです。和歌山の田舎ですけどね。あのころはそれがふつうでした。祖父も祖母も、家族に囲まれて苦しまずに死にました。だからタミも家で看ます。それがタミへの最後の恩返しです」

病院への不満も、早崎医師への怒りも抜け落ち、ただ曇りのない決意だけがあるようだった。

「わたしたちもできるだけのことをします。困ったら何でも言ってください」

わたしは重圧を感じながらも、身の引き締まる思いで立花さん宅をあとにした。

それから毎朝の点滴と夕方の訪問を繰り返した。三沢先生も一日おきに診察に来た。タミヨさんはほとんど食事を摂《と》らなくなり、吸い飲みでエンシュアを飲むだけになった。

やがて血便が出はじめた。最初に出たのは昼間だったが、聡一氏が一人でおむつを換え、清拭もすませていた。

「おむつの交換は慣れてますからな。以前、布団や畳の上に出されてたことを思うと、今のほうが手がかからんですよ」

聡一氏は無理に笑おうとしたが、頬の肉が削《そ》げていて笑顔にならなかった。

「立花さん、少し休まれたほうがいいですよ。必要ならいつでも連絡してください。夜中でもすぐに来ますから、遠慮せずに」

「ありがとう。でもね、僕は自分でやりたいんですよ。タミにもわかると思うから」

聡一氏の懸命の介護のおかげで、診察から一週間たってもタミヨさんの容態は変わらなかった。さらに十日、二週間と日が過ぎた。タミヨさんは完全に寝たきりとなり、自分で寝返りも打てなくなった。床ずれ予防のために、聡一氏がタミヨさんの身体の向きを二時間ごとに変えた。

「抱きかかえるとね、僕の顔をじーっと見るんですよ。ふしぎそうに、何をしているのって顔でね」

血便が続いていたせいか、タミヨさんの顔は青みを帯びてきた。しかし、表情はこれまでになく穏やかだった。喜怒哀楽のない静かな目だ。病院の処置室で輸血を受けていたときとはまるでちがう。家にいて、聡一氏に付き添われていることで、安らぎを感じているのだろう。

病院から帰って十七日目、タミヨさんの血圧が下がりはじめた。三沢先生が娘さんに連絡するよう、聡一氏に告げた。遠方にいる二人の娘は、その日の夜にやってきた。

翌朝、六時にわたしのケータイが鳴った。

「看護師さん、タミヨのようすがおかしいんです」

「わかりました。すぐ行きます」

わたしは前夜、自宅に持って帰っていた〝お道具箱〟を持って、立花さん宅へ向かった。三沢先生にもすぐ来てもらうよう連絡した。

アパートに駆けつけると、一睡もしていないらしい聡一氏が顔を出した。

「朝、早くからすみません。せめて七時まで待とうと思ったんですが」

「いいですよ。それよりどんな状態ですか」

聡一氏に訊ねようとしたとき、奥から娘さんの声が聞こえた。

「お父さん、お母さんが呼んでる」

聡一氏は弾かれたように奥の和室へ引き返した。わたしもあとを追う。二人の娘さんが、ベッドのわきで父親を待っていた。

「お母さんが手を持ち上げたから、手を握ってあげようとしたら払うのよ。お父さんをさがしてるみたい」

「タミ!」

聡一氏がタミヨさんの右手を両手で握った。タミヨさんは目を閉じたまま、かすかに顎を動かした。細い指がしっかりと聡一氏の手にからみついている。

「タミ、ここにいるぞ。俺はここにいる。どこにも行かん。杏子《きょうこ》も淳子《じゅんこ》も来てくれてる。みんないるぞ。タミ、わかるか。ありがとう。今までありがとう。苦労をかけてすまんかった。

しっかり世話をしてやれんで悪かった。俺には……、あれだけしか、できんかった。すまん。わかるか、おい、タミ、タミ、タミ」

そのとき、タミヨさんの目尻から、一筋の涙がこぼれた。これまでの苦労と喜びと悲しみを凝縮したような、濃いひとしずくだった。聡一氏は十分なことをした。ここ何カ月かの必死の介護を、タミヨさんもきっとわかっているにちがいない。

やがてタミヨさんは呼吸のたびに顎を上げるようになった。わたしはタミヨさんの左手で、そっと脈を診た。ハツカネズミが撫でるような、小さく早い脈が触れる。

そこへ三沢先生が入ってきた。

「五分ほど前に下顎《かがく》呼吸がはじまりました。血圧は触診で四〇、脈は一二二、酸素飽和度は七二パーセントです」

小声で報告すると、三沢先生は黙ってうなずいた。もうすべきことは何もない。

十数分後、タミヨさんの呼吸は途切れがちになった。極端な貧血で、最後の二週間余りをぎりぎりの状態で耐えたので、体力はほとんど残っていなかったのだろう。無呼吸の間隔が広がり、タミヨさんはこの世で生きてきた疲れと、あきらめと、納得を吐き出すように、最後にひとつ、長く深い吐息を洩らした。

タミヨさんは静かに逝った。

その頬に、雨だれのような雫が落ちた。湯気に曇った聡一氏の黒縁眼鏡からしたたり落ちた涙だ。

それはタミヨさんの涙を追いかけ、同じ道筋を伝って枕の下へ消えた。

# 告知

「先生、『あすなろクリニック』の名前の由来は、〝明日は檜《ひのき》になろう〟と頑張る〝あすなろ〟の木にちなんだものですね」

わたしが聞くと、一ノ瀬先生は「そうだよ」と答えたあと、「その意味、わかる?」と悪戯《いたずら》っぽい顔で訊ねてきた。

「だから、明日は少しでも元気になろうということでしょう」

「近いけど、ちょっとちがうな。在宅医療で診ている患者さんは、簡単に元気になったりしないからね」

「じゃあ、どういう意味ですか」

「明日は楽になろうっていう意味さ」

「でも、楽になるのも簡単じゃないでしょう」

わたしが反論すると、先生は罠《わな》にかかった獲物を見るようにニヤリとした。

「そうでもないよ。高齢の患者さんはすぐ楽になるよ。痛みも苦しみも、何も感じなくなってね」

「先生、それって、まさか……」

わたしが眉をひそめると、先生は「ははははは」と高笑いをした。

一ノ瀬先生はときどきこういうブラック・ユーモアを発揮する。高齢者医療をするかぎり、死から目をそむけられないのはわかる。でも、レッド・カードすれすれの気がする。単なるジョークではなく、どことなく本気モードに思えるからだ。

「これまでいろんな病院で働いてきたけど、クリニックで在宅医療をはじめてから、一年間に書く死亡診断書の枚数が一気に増えたよ」

そんなことも平気で言う。これもちょっと不謹慎だ。患者さんが聞いたらいやな気がするだろうから。

一方で、一ノ瀬先生にはほかのドクターにはない人間味がある。

「在宅医療の患者さんには、末期《まつご》の眼があるんだ。病院の患者さんは治療することばかりに目が向いているけど、在宅では、どうしても老いや死と向き合うからね。そんなとき、台所から奥さんがタマネギを刻む音が聞こえてきたりする。包丁がまな板を叩く音、ガスをひねって煮物を作る気配。そんなものが人生のかけがえのない実感になるんだ。病院では望みようもないことだろ。よしんばそれが食欲につながらなくても、そういう感覚を持つことがすばらしいんだ。末期の眼は、人生の最後に用意された醍醐味《だいごみ》だ。それを堪能するには、やっぱり自分の家がいい」

シニカルでちょっとブラック・ユーモアがすぎるけど、わたしは一ノ瀬先生を名医だと思っている。いざというとき信頼できる院長だ。

そんな一ノ瀬先生に、関東総合病院から末期がんの患者が紹介されてきたのは、二月の半ばだった。

塚原作造《つかはらさくぞう》氏、六十七歳。多発性骨髄腫、末期。

多発性骨髄腫は、いわば骨髄のがんで、全身の骨に腫瘍ができる。塚原氏は二年前に発病し、関東総合病院で抗がん剤の治療を受けていたが、骨盤や肋骨、腰椎にまで腫瘍が広がり、これ以上は治療の見込みがないということで、在宅医療に紹介されてきた。腰椎の腫瘍のせいで両脚は完全に麻痺しており、寝たきりの状態だった。痛みが強いので、モルヒネの持続皮下注射もしている。紹介状には余命はおよそ三カ月とあった。

塚原氏の家は古いマンションの二階で、奥さんと次男の三人暮らしだった。長男は結婚して沖縄にいるらしい。

初診のとき、予想に反して、塚原氏は末期の患者とは思えないほど元気だった。ベッドから半身を起こし、先生に豪快な挨拶をした。

「あなたが訪問診療のお医者さんですか。わははは、どうぞよろしく頼みます」

陽気な性格らしく、髪はほとんどないけれど、くりくりした目に大きな鼻と分厚い唇で、一見、ゾウアザラシみたいな容貌だった。

「一昨日《おととい》、退院されたんですね。昨夜はよく眠れましたか」

一ノ瀬先生が聞くと、塚原氏は大きな声で「ぐっすり寝ましたよ」と答えた。横に控えていた妻の啓子《けいこ》さんが、苦笑しながらつけ加えた。

「主人は、家に帰ったらもうこっちのもんだと言って、昨夜はポータブルのカラオケで何曲も歌ったんです。それでよく眠れたんですのよ」

笑顔を浮かべながらも、不安を隠しきれないようすだ。病気のことを考えれば当然だろう。しかし、当の塚原氏は気にするそぶりも見せず、診察の合間に積極的に一ノ瀬先生に話しかけた。

「失礼ですが、先生はおいくつでいらっしゃる。四十六？　若いですなぁ。うらやましい。わたしはこれまで病院には縁がなくてね。ずっと元気にやっておったんですよ。今回はちょっと手こずってますがね。しかし、まあ、一病息災ということもありますからな。はっはっはっ」

塚原氏が明るいのは、性格もあるだろうが、別の理由があった。今どき珍しいことだが、彼はまだきちんとした告知を受けていなかったのだ。多発性骨髄腫という病名は聞いているが、それががんの一種であることは知らされていない。だから塚原氏は、自分の病気をさほど深刻なものとは思っていなかったのだ。

啓子さんはそれが心配でならないようだった。これから病状が悪くなっていくのに、夫をどう支えていけばいいのか。

診察が終わったあと、塚原氏が自宅での療養について質問した。

「コーヒーはやっぱり飲まんほうがいいんでしょうな」

「別にかまいませんよ」

一ノ瀬先生が答えると、塚原氏は意外そうな顔をした。

「コーヒーは胃によくないと思ってましたが。じゃあ、カレーはどうです」

「いいですよ、もちろん」

「ほう」

表情がさらに明るくなる。

「病院では刺激物はいっさいよくないと言われたんですがね。あまり気にせんでいいのかな」

「塚原さんは別に胃が悪いわけじゃありませんから、好きなものを食べていただいてけっこうです」

それまで部屋のすみに控えていた次男が、おずおずと訊ねた。

「あの、父はエースコックのワンタンメンが大好物なんですが、どうでしょうか」

「かまいませんよ」

「えー、インスタントラーメンは油がよくないと聞いていたので、我慢させてたんです。よかったね、お父さん。これで好きなものが食べられるよ」

母親似の次男が、塚原氏に笑いかけた。

一ノ瀬先生は少し改まった調子で在宅医療の利点を説明した。

「病院ではいろいろな患者さんがいるので、どうしても規則が厳しくなります。お酒やタバコも、一部の人にだけ禁止するわけにいかないので、全員だめということになります。在宅医療はいわばオーダーメイドの医療です。塚原さんは食事制限をする必要はありませんから、好きなものを食べてください。飲み過ぎなければ、アルコールもかまいませんよ。せっかく自宅にもどられたのだから、どうぞ生活を楽しんでください」

「そりゃあいいや。なんだか元気が湧いてきた」

「あなた、オカリナもまたはじめたら」

「そうだな」

啓子さんに言われて、塚原氏はサイドボードに目を向けた。ガラスケースに十個あまりのオカリナが並べてある。ラグビーボールほどもあるのや、絵付けをしたものもあった。

啓子さんが明るい声で言った。

「主人は定年後、オカリナに凝って、指導員の資格まで取ったんです。ボランティアで演奏会を開いたり、オカリナ・サークルに指導に行ったり、けっこう忙しくしていましたの。病気をしてから遠ざかってましたけど、でも、またやれるわね。あなたのオカリナ、とっても音がきれいだもの」

「そうか、わはははは。じゃあ、またやるか」

「機会があれば、私にもぜひ聞かせてください」

一ノ瀬先生が言うと、塚原氏は照れながらも、やる気満々のようすだった。

帰り際、玄関口まで来ると、啓子さんは診察のときと打って変わって、深刻な表情になった。

「主人は大丈夫でしょうか。あんなふうに見えて、気の弱いところがあるんです。病状が悪くなってきたら、落ち込みはしないかと心配で……」

「そうですね。告知がすんでいないと、いろいろ問題が起こる可能性があります。でも、そのことは改めてお話ししましょう。ここで時間を取ると、ご主人が妙な疑いを持ちかねません。病人は、自分のいないところで何が話されているか、常に神経を尖らせていますから」

一ノ瀬先生は靴をはきながら続けた。

「一度、クリニックに来ていただければ、ゆっくりお話しできるんですが」

「わかりました。先生のご都合のよいときにうかがいます。どうかよろしくお願いします」

彼女はすべてを託すように頭を下げた。


啓子さんがクリニックに来たのは、三日後の夕方だった。

「先だってはわざわざお越しいただき、ありがとうございました」

小柄な彼女は診察室でていねいにお辞儀をした。一ノ瀬先生はわたしに、同席して話の要点をメモするよう指示した。

「あれからご主人はいかがです」

「おかげさまで、とても気分がいいみたいです。先生に生活を楽しんでいいと言われたので、リラックスしたんでしょう。古いアルバムを出してきたり、次男に観葉植物を買いに行かせたりして、部屋がずいぶんにぎやかになりました」

「オカリナの練習も？」

「ええ。新曲をマスターするんだとはりきっています」

在宅療養の滑り出しは順調なようだ。しかし、一ノ瀬先生は表情を変えずに言った。

「最近は悪性の病気でも、患者さんにはほんとうのことを説明するのがふつうです。ご主人にきちんとした告知がされなかったのは、何か理由があるのですか」

「それは主人の希望なんです。五年ほど前、わたしが区の検診を受けたとき、大腸がんの疑いがあると言われて、精密検査をすることになったんです。そのとき、主人はとても心配して、食事ものどを通らないほどでした。結局、がんではなかったのですが、主人はよっぽど怖かったんでしょう。もし自分ががんになっても、ぜったいに知らせてくれるなと、強く念を押したんです」

「つまり、事前に意思表示があったわけですね」

「ええ。今回もはじめは治る見込みがあったので、なんとか言わずにすむかと思っていたのですが、今は腫瘍があちこちに広がって、治療の余地はないと言われてますので、わたしも覚悟はしているつもりです。ただ……」

啓子さんは顎を引き、苦しげに続けた。「知り合いのご主人が、同じ病気だったのですが、それはひどい苦しみようで、もう死なせてくれ、早く楽にしてくれと、泣き叫ぶようにして亡くなったそうです。がんは最後まで意識がはっきりしているので、残酷だと聞きました。

病気が進むと、主人もいろいろ心配するでしょうし、このまま黙っていていいのかどうか。でも、逆にほんとうのことを告げたら、ショックに耐えられるかどうかも心配で……」

「それで告知を迷っていらっしゃる」

「はい。告知の必要性はわたしも承知しているつもりです。関東総合病院の先生にも、告知をしたほうが精神的に安定するし、つらい治療にも立ち向かえると言われました。でも、それは、治る見込みのある人の話でしょう。主人はもうつらい治療を受ける必要もないし、精神的には今とても安定しているんです。むしろ、告知したほうが落ち込むに決まっています。それならこのままのほうがいいんじゃないでしょうか」

「そうですね」

一ノ瀬先生はうなずいてから、ふたたび訊ねた。「ご主人は、病気のことをどう思っているのでしょう。病名を知っているなら、悪性であることもある程度ご存じじゃないですか。自分で調べれば、家庭の医学みたいな本にも出てるだろうし」

「主人はあまりそういうことはしないんです。でも、うすうすは感じているかもしれません。この前も尿瓶《しびん》でお小水《しょうすい》を取ったら、少し赤かったんです。それを見て、どうして骨髄の病気で血尿が出るんだろうと気にしていました。何気ない素振りでわたしの反応をうかがっているんです。何か隠しているんじゃないかと、ビクビクしながら」

「不安はあるのでしょうね」

「先日は、一生モルヒネを使っていくのは困るなと言って、わたしの顔をじっと見ていました」

「かなり神経質になっていますね。今はなんとか隠せても、これからはむずかしいかもしれませんね」

告知を受けていないと、だれしも疑心暗鬼に陥る。悪性なのか、そうでないのか。不安と希望の間をさまよい、徐々に現実に追いつめられる。そして、ついに悪性だと認めざるを得なくなり、患者は絶望し、家族を責める。ずっと自分をだましていたのかと。もっとも家族の絆《きずな》が必要なときに、それが崩れるのだ。だから一刻も早く告知しなければならない。

しかし、今、塚原氏に告知ができるだろうか。塚原氏の体調がいいのは、病気を知らないからだ。病気が悪性だと知れば、ショックで落ち込むに決まっている。ましてや事前に、がんになっても知りたくないと言っていた人だ。告知をすれば、啓子さんをなじるだろう。なぜ知らせたのか、せっかく体調がいいのに、なぜわざわざそれを壊すようなことをするのかと。

それなら告知せずにおくか。だが、このまま病状が悪化すれば、不安と疑心暗鬼がふくらみ、やがて絶望に陥らざるを得なくなる。しかし、今告知をすれば、せっかく順調な療養がだめになる。堂々巡りだ。

「どうしたらいいでしょうね」

一ノ瀬先生が厳しい表情で腕組みをした。啓子さんは膝にのせたバッグをきつく握りしめている。

「入院中はまだよかったんです。見舞いのときだけ注意していればよかったですから。でも、今は主人が家にいるので、病気がばれないように、ずっと気を張りつめていなければなりません。それがつらくて、いっそすべてを打ち明けようかと何度も思いました。でも、それだけはしちゃいけないと、必死に思いとどまって」

啓子さんの目から涙がこぼれる。一ノ瀬先生が宥めるように言う。

「病気のことは、奥さんから言ってはいけません。それは医者の仕事です。いつどんなふうに告げるのかは、むずかしいですが」

「じゃあ、やっぱり告知するんですか。主人は死ぬのが怖い人だし、悪性の病気だと知るとどんなに悲しむか……」

一ノ瀬先生は腕組みを解いて、ひとつ息をついた。

「どうぞ、思い詰めないでください。最悪のシナリオは、ご主人が疑心暗鬼に陥って、知りたくないのに知ってしまうことです。告知するにしても、白か黒かではなく、婉曲《えんきょく》な伝え方もあるでしょう。日本には以心伝心という言葉もありますから」

啓子さんは戸惑いを隠せないようすで一ノ瀬先生を見た。先生がさらに言葉を補う。

「告知をするためには、ある程度、ご本人が病気を受け入れる心境になっていなければなりません。治ることに執着している間は無理です。わたしもいろいろ考えてみます。告知は、あまり状態が悪くならないうちのほうがいいでしょうね。ということは、それほど時間がないということですが」

「わかりました。どうぞよろしくお願いします。でも……」と、啓子さんは先のことを案じるように表情を曇らせた。「いくら受け入れる心境になっても、あとでわたしは責められるでしょうね。そんなこと知りたくなかったと」

たぶんそうだ。人はだれでも、不幸に直面すると身近なだれかに当たり散らす。そうやってつらさをごまかすのだ。十余年の看護師生活で、いやというほど見てきたことだ。

慰めの言葉も見つからないまま唇をかんでいると、啓子さんは思い切ったように顔を上げた。

「一ノ瀬先生、わたしはどれだけ恨まれてもかまいません。どうかあの人が苦しまないようにお願いします。残されたわずかな時間を、少しでも楽なように」

あふれる涙が落ちるままに、彼女は深々と頭を下げた。

塚原氏の診察は、当面、毎週月曜日に行くことになった。病状が悪化すればもっと回数を増やすことになるだろう。

それとは別に、週に三回、訪問看護に入ることになった。下半身が動かない塚原氏は、入浴ができないので温タオルで清拭するためだ。わたしは一ノ瀬先生の診察と、金曜日の訪問看護を担当することになった。

塚原氏の体調は概ね良好で、ポンプで自動的に入れるモルヒネの皮下注射がよく効いて、腫瘍の痛みもさほどないようだった。気分がいいときは、清拭の途中などによく話しかけてくる。

「身体を拭いてもらうだけでも、案外さっぱりするねぇ。それにしても、拭き方は看護師さんによって微妙にちがうもんだな」

「基本は決まってますが、個人で工夫するところもありますから」

「先生の診察も同じかね。治療法とか、説明の仕方は決まっているのかと思ったが」

説明の仕方と聞いて、ドキッとする。関東総合病院の主治医と一ノ瀬先生の説明がくいちがっていたのだろうか。

「個別の対応は、先生次第じゃないですか。だから、名医とそうでない医者に分かれるんですよ」

「なるほど」

塚原氏が納得したようにうなずく。

「一ノ瀬先生はまちがいなく名医ですから、すべてお任せして大丈夫ですよ。大船に乗った気でいてください」

「大船か、そりゃ頼もしい。わははははは」

屈託のない笑いに胸を撫で下ろす。

「塚原さん、オカリナの練習をはじめられたんですか。オカリナの魅力って、ひとことで言うと何ですか」

病気から気を逸らそうと、わたしは話題を変える。塚原氏は手を伸ばしてサイドテーブルのオカリナを取り、うれしそうに言った。

「オカリナの魅力は、単純だけれど深い音色だな」

「なんかノスタルジックな音ですよね。オカリナの演奏会とかあるんですか。わたし、知りませんでした」

「あるよ。ソロもアンサンブルもあるし、ピアノの伴奏をつけることもある。オカリナの音色は、閉管楽器ならではのものなんだ。トランペットやフルートとちがって、オカリナは管が開いていないだろう。だから優しい音がする。開管楽器はたくさんあるが、閉管楽器はオカリナくらいだ。看護師さんはオカリナの発祥の地を知っているかな」

「いいえ」

「十九世紀後半のイタリアだよ。北イタリアのドナティという菓子職人が、それまであった土笛の音階を整えたのがはじまりと言われている。オカリナとは〝ガチョウの子ども〟という意味で、正確にはオカリーナと発音する」

塚原氏はなかなかの蘊蓄家《うんちくか》で、オカリナのことを話しだすと止まらないようだった。わたしはこれ幸いと拝聴する。

「オカリーナ（いったん正確に発音すると、塚原氏は元にもどらないようだった）に似た楽器は、メソポタミア地方や中米からも見つかっている。いずれも土の笛で閉管式だ。むかしから、土の笛にはラッパ口をつけてもいい音がしないと、世界中の人が知ってたんだな。日本の鳩笛なんかも同じ仲間だね。どちらも鳥の名前がついているのは偶然だが」

「音を出すのはむずかしいんですか」

「とんでもない。簡単そのものさ。吹けば鳴るんだから。試してごらん」

手渡されたオカリナは、陶器らしい重みと柔らかみがあった。吹き口にそっと息を吹き込むと、柔らかい音が響く。

「ほらね。オカリーナほど簡単に音の出る管楽器はない。でも、演奏となるといろいろテクニックがいるんだ。オカリーナの演奏のコツは、ベッコ、つまり吹き口のくわえ方と、息圧、それにホールドとタンギングだ。ホールドはオカリーナの持ち方、タンギングは舌先で上顎を叩くようにして息をふるわせることだよ。オカリーナは正しい姿勢でしっかり持たないと、高音部がかすれる。息圧は吹き込む息の強さだが、強く吹く必要はないんだ。優しく、気持を込めて、できるだけ同じ強さで吹き込む。自分の感性を表現するつもりでね」

さすがは資格のある指導員だ。話を聞いているだけでオカリナを演奏してみたくなる。わたしはもう一度ベッコを口に当て、ゆっくり音を出してみた。

「塚原さんの説明を聞いていると、それだけで上手に吹ける気がしますね」

「いやいや、オカリーナはそんな簡単なものじゃないぞ。奥が深いんだから」

茶目っけのある目でわたしを見る。屈託のない表情、窓から射し込む早春の光。こんな日がずっと続けばいいのにと、願わずにいられない。

「塚原さんのオカリナ、ぜひ聞かせてほしいな。今、一曲、所望させてもらっていいですか」

借りたオカリナを返しながら言うと、塚原氏は少し力の抜けた笑いを洩らした。

「せっかく聞いてもらうんなら、少し練習しなくちゃな」

「そうですか。残念だな」

わたしは自分の言葉にはっとする。残念だなんて、塚原氏が余命の短いことを悟ったらどうするのか。いや、それは考えすぎだ。もっとさりげなくしなければ。

「じゃあ、練習したら聞かせてくださいよ。約束ですよ」

わたしは精いっぱい笑顔を作って訪問看護を終えた。マンションの外へ出ると、いつもの倍以上も疲れているのを感じた。

この状況は、ほかの看護師たちも同じようだった。病状を気取《けど》られないようにするため、若いチーコはほとんど会話ができないと言っていた。ベテランの古沢さんも、言葉遣いに神経をすり減らすと嘆いていた。

塚原氏はときどきわざとのようにきわどいセリフを繰り出す。わたしが足の爪を切っていたときも、ふいにこうつぶやいた。

「六十七歳という年齢は、まだ死ぬには早いよな」

はっとして顔を上げると、こちらを見ている。何と応えるべきか。意識しないでおこうと思うとよけいに焦る。

「も、もちろんですよ」

「だよな。まだあと五年は死ねんからな。八月に歯のインプラントの予約もしてあるし」

「インプラントって、けっこういらしいですね。わたしの友だちもやってますよ」

無理に話を合わせながら、ふと思う。啓子さんにも同じことを言ってるのか。八月まではまだ半年ある。塚原氏が生きている可能性はほとんどない。啓子さんはどう受け答えしているのだろう。

塚原氏自身は病気は気になるが、それを直視はしたくないようだった。左の肋骨の腫瘍が痛んだときも、こんなふうに言った。

「左胸が痛いのは、テレビを見る姿勢が悪いせいだと思うんだが」

テレビを見る姿勢などまったく関係ない。しかし、病気のせいだと認めたくないのだ。そうかと思えば、微妙に病気を意識するようなことも言う。

「ここのところ寝汗がすごいんだけれど、骨髄の病気でそんなふうになるものだろうか」

「寝汗って、自律神経の影響もあるんですよ」

わたしはもっともらしい説明でごまかす。勘づかれないように気を張っているうちに、だんだんごまかすのがうまくなる自分がいやになる。

しかしこの緊張を、啓子さんは二十四時間、強いられているのだ。妻になら露骨に問いただしたり、カマをかけたりするかもしれない。やはり早急に告知することが必要だ。一ノ瀬先生も時間がないと言っていたのに、三月に入ってもいっこうに告知する気配はなかった。

「早くしてもらわないと、こっちまで気疲れするわ」

一ノ瀬先生のいないところで、わたしは古沢さんに愚痴った。

「ほんとね」

「うまく告知するためには、それなりの準備が必要でしょう。なのに先生はぜんぜんそんな感じじゃないの。いったいどう考えてるのかしら」

わたしが口を尖らすと、古沢さんは思案顔になり、塚原氏の状態を思い出すように言った。

「一ノ瀬先生は、ようすを見てるのかもしれないわよ。塚原さん、少しずつ症状がよくなってきたみたいだから」


次の訪問看護の日、わたしは逸る気持を抑えて塚原氏の家に向かった。

古沢さんに塚原氏がよくなってきたと言われたとき、恥ずかしながら、わたしはピンとこなかった。食欲はあるし顔色もいいけれど、それで症状が改善したと言えるだろうか。

わたしは聞くはいっときの恥と思い、「どこがですか」と古沢さんに訊ねた。

「脚の麻痺が回復しかけてるでしょう。少しずつだけど、左の太腿の筋力も出てきてるし」

さすがに古沢さんはキャリア二十年のベテランだ。わたしは告知のことにばかり気を取られ、塚原氏の全身状態を把握しきれていなかった。

マンションに着くと、塚原氏は紅茶とクロワッサンの朝食をすませ、機嫌のいい顔をしていた。わたしは血圧や脈拍を測ったあと、塚原氏に脚を動かしてみてくださいと頼んだ。両方の足首が、わずかだが動いた。

「すごい。足が動くようになったんですね」

退院してきたときは、ピクリとも動かなかったのに、少し曲げ伸ばしができるようになっている。わたしは自分のことのようにうれしかった。

「頑張った甲斐がありましたね」

「毎日、自分でリハビリしてるからね。膝だってちょっとは持ち上がるよ」

塚原氏はベッドの柵に手をかけ、腹筋をふるわせた。左膝がわずかに持ち上がる。

「すごい、すごい」

「でもこれくらいじゃ満足しておれんからな。もっと頑張って、早く歩けるようにならんと」

「じゃあ、これからは筋力トレーニングも入れましょう。厳しいですよ。覚悟しておいてください」

「よし、スパルタ式でやってくれ。わはははは」

塚原氏はいつも通り上機嫌で笑った。

脚の麻痺が回復しつつあることは、もちろん一ノ瀬先生も知っていた。

訪問診療をはじめて一カ月後、塚原氏はついに立て膝ができるまでに回復した。

「よくここまで頑張りましたね。大したものです」

一ノ瀬先生が敬意を込めて一礼した。

「ありがとうございます。これも先生や看護師さんのおかげです」

塚原氏は髪のほとんどない後頭部を撫でながら、満面の笑みを浮かべた。

患者さんがよくなるのは、看護師としても大きな喜びだ。麻痺していた脚が動きだすなんて、まるでキリストの奇跡のようじゃないか。そんなことは、ドラマや映画の中でしか起きないと思っていたが、実際にもあり得るのだ。わたしは単なる喜びを超えて、厳粛な気持にさえなった。

「それにしても、わたしの脚はどうして回復してきたんでしょうな」

塚原氏が不思議そうに訊ねた。一ノ瀬先生が軽く肩をすくめる。

「私は何もしていませんよ」

啓子さんがうれしそうに口をはさむ。

「家に帰ってきたのがよかったんじゃない。あなた、退院してきてから、ずいぶん気分がいいみたいだから」

彼女の言う通りだ。住み慣れた家、くつろげる部屋、いつも家族がそばにいて、時間も自由に使える。好きなオカリナもある。そんなアットホームな環境が、麻痺の改善に役立ったにちがいない。

塚原氏は太腿をさすりながら、しみじみと言った。

「膝が曲がるようになったら、座ってオカリナの練習もできるな。オカリナは姿勢が大事なんだ」

「オカリーナでしょう」

わたしが訂正すると、塚原氏は、「ああ、そうだ。こりゃ一本取られた。はっはっは」と笑った。

その日の診察は、末期患者とは思えないなごやかな雰囲気で終了した。

帰りの車の中で、わたしは一ノ瀬先生に言った。

「塚原さん、よかったですね。多発性骨髄腫の神経麻痺が回復するなんて、珍しいんじゃないですか」

「そうだな。たぶん何らかの影響で、腫瘍が小さくなったんだろう」

「これぞまさに在宅医療の効果ですね」

わたしは興奮冷めやらぬ気持で言った。先生も喜んでいるにちがいないと思ったのに、相づちがなかった。

「先生？」

「塚原さんがよくなったのは、在宅医療の効果かどうかわからないよ」

「どうしてです。何か別の理由が考えられるんですか」

「いいや」

「だったら、やっぱり在宅の療養がいい影響を与えたんじゃないですか。先生がいつも言うように、患者さんの治癒力が強まったということでしょう」

在宅医療では病院のような治療はできないが、患者の治癒力を最大限に発揮させる。それが一ノ瀬先生の持論だ。だから末期がんの患者でも、あきらめてはいけないと、いつも言っていた。せっかくその成果が出たのに、どうして認めないのだろう。

「在宅医療をしている我々は、患者がよくなれば、どうしても在宅医療の効果だと考えたくなる。しかし、そこに科学的な根拠はあるだろうか」

「だって、ほかに特別な治療をしていなければ……」

「だからといって、塚原さんの回復が在宅医療の効果だとは言い切れない。たまたま回復する時期だったのかもしれない。もしそうなら、入院を続けていても麻痺は回復しただろう。その可能性を無視して、在宅医療の効果だと決めつけるのは、科学的な態度とは言えない」

そうかもしれないけれど、わたしは納得できない。

「そんなふうに考えたら、在宅医療の効果を証明することはできないんじゃないですか。一人の患者さんに、入院治療と在宅医療を同時に試すことはできないのだから」

「そうだよ」

すんなり認めてから、一ノ瀬先生は皮肉っぽく言った。

「医者の中には、患者がよくなったら、自分の治療の効果だと思い込む連中が多い。特に新しい治療を研究している医者はそうだ。治療と効果を短絡的に結びつけて、治った治ったと喜んでる。無効な症例は無視して、有効なものだけ集めて、効果ありという結果にしてしまうんだ。そんなことをやってるから、いつまでたっても画期的な治療が生まれないんだ」

新聞などで、がんや認知症やうつ病の新しい治療が発見されたような報道がよくあるが、いっこうに実用化されないのは、そういうことか。

しかし先生のように潔癖に考えると、研究などできないのじゃないか。手前みそや過大評価は困るけれど、あまりストイックになりすぎても、研究の可能性をつぶしてしまう。こんなとき、若い三沢先生なら、手放しで在宅医療の効果だと喜ぶだろう。中年男はほんとうにむずかしい年ごろだ。

わたしが小さなため息をつくと、一ノ瀬先生は気を取り直すように顔を上げた。

「でもまあ、塚原さんの麻痺が回復したのはよかったよ。患者にすれば、治った理由なんて関係ないんだから」

「そうですよね」

ようやく意見の一致を見て、わたしは曖昧に微笑んだ。


塚原氏の脚が動くようになったのはよかったが、喜ばしいことばかりではなかった。それはある意味で諸刃《もろは》の剣だった。

塚原氏が、病気が治るのではないかと本気で思いはじめたからだ。

退院したころ、塚原氏は心のどこかで、むずかしい病気だと覚悟している節があった。その気持がもう少し固まったら、一ノ瀬先生は告知しようと考えていたようだ。ところが、今や塚原氏の心はまったく逆の方向を向いてしまっている。

なんとか気持を変えなければならない。しかし、一ノ瀬先生も妙案がないようで、曖昧に診察を続けるばかりだった。

そんなある日、事態は急展開を迎えた。塚原氏の口から、不意打ちの質問が発せられたのだ。

「先生、わたしの病気は、治りますかな」

一ノ瀬先生は虚を衝《つ》かれ、頬を強《こわ》ばらせた。

ふつう、がんの患者さんは自分の病気が治るかどうか、なかなか医者に聞けないものだ。「治りません」と言われれば終わりだからだ。聞きたいけれど聞けない禁断の質問、それがこの「治りますか」だ。

塚原氏が敢えてそれを訊ねたのは、逆に言えば、自分は治ると確信しはじめた証拠だ。医者から「大丈夫、治りますよ」というお墨付きをもらって、さらに安心したいのだ。

しかし、もちろん、安易に「治ります」とは言えない。言えばこの場は丸く収まる。しかし、それは問題の先送りだけでなく、最悪の結果を招く危険をはらむ。患者は医者の言葉をよく覚えている。病気が悪化して悲惨な状態になったとき、塚原氏はきっと恨みを込めて呻くだろう。

――先生、あのとき、治るって言ったじゃないか。

患者は医者を恨み、家族を責めながら最悪の最期を迎える。そんな事態を避けるためにも、安易に「治ります」とだけは言えない。

しかし、それならどう答えるか。正直に事実を告げるのか。

――塚原さん、残念だけれど、あなたの病気は治りません。悪性の病気で、もう治療の余地はないのです。

そんなことが言えるはずもない。塚原氏は病気が治ると思っているからこそ、先生に禁断の質問をしたのだ。それを百八十度ひっくり返して、絶望に突き落とすようなまねはできない。

一ノ瀬先生が沈黙しているほんの数秒のあいだに、わたしはこれだけのことを目まぐるしく考えた。

啓子さんも思いがけない質問にショックを受けたようすだった。告知の準備はまだできていない。今、事実を告げられれば、夫は精神的に落ち込み、自ら死の坂を転げ落ちるだろう。一ノ瀬先生はどう答えるのか。啓子さんは動揺を抑えながら、すがるように先生を見つめた。

一ノ瀬先生は唇を引き締め、塚原氏の目を見つめながら、ゆっくりとしゃべりだした。

「塚原さん、私たちは、あなたの病気を治すために懸命の治療をしています。でも、どんな病気でも、治療の途中で治るとか、治らないとか、責任を持って断言することはできないのです。良性の病気でも、合併症が起きれば治らないし、悪性の病気でも、必ずしも悪い結果になるとはかぎりません。たとえば、末期のがんでも進行が止まって、命に関わらない状況になることもあります。高齢者の場合は、悪性の病気になっても、老衰のほうが早く来ることもあります」

一ノ瀬先生は言葉を切って、塚原氏の反応をうかがった。塚原氏は予想とちがう答えに戸惑っているようすだった。先生が何を言おうとしているのか、真意をつかもうと熱心に耳を傾けている。

「塚原さんの病気は、むずかしいもので、まだよくわかっていない部分があります。今、大事なことは、病気に振りまわされないことです。これはたとえ話ですが、リウマチという病気は悪性ではありませんが、治すのはむずかしいものです。病気を治すことに執着していると、残された寿命が何年あっても、悩んでばかりになります。逆に悪性の病気でも、自分のやりたいことに集中できる人は、充実した時間を送れます。病気が治るか治らないか、気にしたところで早く治るわけでもありません。逆に気にしすぎると、ストレスで治るのが遅くなったりします。病気を忘れるのは容易ではないでしょうが、できることなら、あまり考えないようにするのがいいでしょう。せっかくお家にいるのですから、何をしても自由です。オカリナの練習をしてもいいし、カラオケを歌っても、ビデオを何時間観てもかまいません。そうやって、やりたいことに時間を費やして、楽しい気分になれば、身体にある病気を治す力も強くなります」

「はあ……」

塚原氏は要領を得ない返事をした。

わたしは一ノ瀬先生の説明を反芻《はんすう》してみた。病気のことを考えないほうがいいというのは、結局、病気がよくないと言っているのと同じだ。これが先生の言う以心伝心なのだろうか。でも、塚原氏にきちんと伝わったのか。

一瞬の沈黙のあと、啓子さんが明るい声で言った。

「そうよ、あなた。そう考えたら、家でもいろいろやることはありそうね」

「まあ、そうだな」

「お気持はわかりますが、焦るのは禁物です。あまり先のことは考えないほうがいいですよ。自分でハードルを作るのがいちばんよくないですから」

先生が念を押すように言うと、塚原氏もどうやら納得したように見えた。ほっとした空気が流れかけたとき、塚原氏がつぶやいた。

「でもまあ、せめて車の運転くらいはできるようになりたいな」

ああ……。

わたしは内心で深いため息をついた。患者さんの気持を変えるのは、なんとむずかしいことか。ハードルを作るのはよくないと先生がアドバイスをした直後に、車の運転を言い出すなんて。

啓子さんは困惑した表情で先生を見た。やがてつらい時期が来る予感。症状の悪化、痛み、苦しみ、疑心暗鬼。病気を悟ったときの絶望。そして、それを隠していた家族や医療者への怒り、恨み……。

わたしは、一ノ瀬先生をじっと見た。先生、もう時間がないのでしょう。はっきり告知をしなかったのは、先生の優しさかもしれないけれど、優しいばかりじゃ医療は成り立たないんじゃないですか。このまま修羅場を迎え、最後に塚原氏が啓子さんを恨みながら死んだらどうするんです。いくら残酷でも、ここはほんとうのことを告げるべきではないですか。

しかし、一ノ瀬先生は、それ以上何も言うつもりはないようだった。

それから、塚原氏の容態は一進一退を繰り返しながら徐々に悪化しはじめた。

ある朝、尿が出ないと連絡があり、緊急の往診をした。前夜から出ていないとのことで、パジャマのズボンをおろすと、下腹部がドンブリを伏せたようにふくれていた。一ノ瀬先生がカテーテルを入れて導尿をすると、八〇〇ミリリットルもの尿が出た。神経性の排尿障害で、繰り返すようなら膀胱《ぼうこう》にカテーテルを入れっぱなしにしなければならない。そのことを説明すると、塚原氏は憮然とした表情を浮かべたが、思い直すようにつぶやいた。

「まあ、この病気とつき合っていかなきゃならんのなら、そういうことも考えんといかんでしょうな」

それが塚原氏の折り合えるぎりぎりの線だったのだろう。導尿カテーテルまでは受け入れるが、死などつゆほども考えていないという顔だ。これではとても告知はできない。

排尿障害は一度きりだったが、塚原氏はそれから急に食欲をなくし、見た目にもやせてきた。頬の皺が深くなり、ビア樽《だる》のような胸に肋骨が浮き出てきた。左の第五肋骨がいびつにふくれている。腫瘍が大きくなっているのだ。しかし、塚原氏は敢えて目を逸らしているようだった。

「主人は徐々に体調が悪くなっているのですが、頑としてそれを認めないんです」

診察のあと、啓子さんは玄関口で疲れたように声をひそめた。脚の麻痺もまたぶり返していたが、塚原氏は無視していた。わたしたちも見て見ぬふりをしている。そうやって現実から逃げまくって、最後の最後に全員が死と直面せざるを得なくなる。それは時限爆弾を抱きながら目を閉じているのと同じ状況だ。

四月に入って最初の金曜日、わたしは沈みがちな気持を奮い立たせて、塚原氏の訪問看護に行った。部屋の窓を開けると、春らしい風がそよぎ、沈丁花《じんちょうげ》の香りが流れ込んできた。

「春だねぇ。これからいちばんいい季節になる」

塚原氏は窓の外に目を向け、ゆっくりと深呼吸をした。笑い声は出ず、どことなく呆然としたようすだ。

「今日は夜に長男一家が沖縄から帰ってくるんだ」

独り言のようにつぶやく。久しぶりの再会を心待ちにしているようだ。

「長男たちは二泊するから、この週末はにぎやかになるぞ」

「お孫さんもいらっしゃるんですか」

「ああ。爺バカだが、なかなかの美人でね。まだ四歳だけど。ふふ……」

ようやく出た笑いも、塚原氏らしくない覇気のないものだった。

塚原氏が病気に気づくのは、時間の問題と思われた。鏡で顔を見るだけでもわかるかもしれない。末期がんに特有の、いかにも命が削り取られ、死がへばりついたような不吉な相が浮き上がっている。

ここまで来ると、冷静な告知のタイミングは逸したも同然だ。自分で気づくにしろ、先生が打ち明けるにせよ、心身の修羅場は避けられない。一ノ瀬先生はいったいどう考えているのか。焦れったかったが、すべてはもう手遅れのように思われた。

ところが三日後、思いがけないことが起こった。月曜日の朝九時過ぎに、啓子さんから緊急の連絡が入ったのだ。

「主人が昨夜から寝たまま、起きないんです」

一ノ瀬先生とわたしは塚原氏の家に急行した。ドアホンを押すと、次男が心配そうに待っていた。

「急にお呼び立てして、申し訳ありません」

「いいですよ。それよりお父さんの具合はいかがです」

聞きながら先生は塚原氏の部屋へ急ぐ。ベッドサイドに啓子さんが屈《かが》み込み、塚原氏の手を握っていた。

「塚原さん、わかりますか」

一ノ瀬先生が強く呼びかける。目は閉じているがかすかにうなずく。まだ意識はあるようだ。

「塚原さん、苦しくないですか。どこか痛いところはありますか」

今度はわずかに首を振る。顔色は青ざめているが、表情は安らかだ。

「私の手を握ってみてください」

一ノ瀬先生が指を押しつけたが反応はなかった。血圧を測ると一〇二の六〇。脈拍は七二。パルスオキシメーターで血液の酸素飽和度を測ると、九六パーセントあった。これなら今すぐ危険な状況ではない。

「昨日はどんなようすでしたか」

一ノ瀬先生が訊ねると、啓子さんは動揺を抑えつつ記憶をたどった。

「午後に長男一家が沖縄に帰ったあと、夕食にワンタンメンが食べたいと言うので、次男が作ってやったんです。そしたら三分の一ほど食べて、珍しく食欲があるなと思っていたら、水を二口飲んで、そのあといつも通りおやすみと言って寝ました。それが今朝、朝食に起こそうと思ってもこんな状態で」

「夜中にけいれんとか嘔吐《おうと》はありませんでしたか」

「いいえ」

一ノ瀬先生はベッド柵に固定したモルヒネの注入ポンプを見た。ダイヤルは設定通りの一日三〇ミリグラムだ。

「もしかしたら、モルヒネの影響で意識レベルが下がっているのかもしれません。この量では考えにくいですが、取り敢えずモルヒネを止めてみます」

啓子さんに言ってから、先生は塚原氏の耳元で声を高めた。

「塚原さん、モルヒネの副作用が出ているかもしれませんから、いったん注射を止めます。もし、痛みが出るようなら、おっしゃってください」

先生は塚原氏の返事を待ったが、反応はなかった。先生は注入ポンプのスイッチを切った。

啓子さんが心配そうに一ノ瀬先生を見上げる。

「このままにしていていいのでしょうか。食事もぜんぜん摂っていないのですが」

「水も飲みませんか」

「さっきも飲ませようとしたのですが」

啓子さんはサイドテーブルの吸い飲みを取り、塚原氏の口に差し込む。水が気管支に入ったらしく、塚原氏は激しくむせる。

「無理に飲ませないでください」

一ノ瀬先生が慌てて止めた。

「誤飲すると、肺炎を起こす危険があります。吸い飲みより、割り箸に綿を巻いて水を含ませるほうがいいでしょう」

一ノ瀬先生は、啓子さんと次男に奥の部屋へ行くよう目で合図した。のれんの向こうに和室があった。座卓のまわりに座ると、一ノ瀬先生が深刻な表情で説明した。

「モルヒネは止めましたが、おそらく薬の影響ではないでしょう。もとの病気が急に進んだか、脳で何か起こったために昏睡状態になったと思われます。血圧も脈拍も安定していますから、すぐにどうこうということはないと思いますが」

啓子さんは、昏睡という言葉に一瞬たじろいだが、その衝撃を呑み込むようにゆっくりうなずいた。次男も緊張した面持ちで次の言葉を待っている。

「しかし、状況は厳しいと思います。もし希望されるなら、病院を紹介することも可能ですが」

啓子さんが意外そうに顔を上げた。

「病院へ行って、何か手の打ちようがあるのでしょうか」

「それはむずかしいと思います」

「でしたら、家で看ます。せっかく家に帰ってきて喜んでいたのですもの。ねぇ」

横を向いて同意を求めると、次男も深くうなずいた。

「わかりました。では、お家でできるだけのことをしましょう」

その日から、訪問看護は毎日入るようにし、一ノ瀬先生も一日おきに診察することになった。啓子さんの希望で点滴をはじめたが、塚原氏は朦朧としながらも点滴をいやがり、手探りで針を引き抜いたりした。

「今の状態では、点滴はあまり意味がありません」

一ノ瀬先生が説明すると、啓子さんは未練があるようだったが、点滴の中止を承諾した。夫に少しでも長く生きてほしいという気持と、夫を苦しめたくない気持がせめぎ合っての決断だろう。

塚原氏は点滴はいやがるのに、綿棒で水分をとるのは拒まなかった。

「まるで赤ん坊みたいに吸いますのよ」

啓子さんはそう言って喜んでいたが、すぐにそれも飲まなくなった。

その週の金曜日、朝いちばんに啓子さんから電話がかかってきた。塚原氏の呼吸がおかしいという。一ノ瀬先生は朝のミーティングを中止して、わたしといっしょに塚原氏の家に急いだ。

「いよいよかもな」

一ノ瀬先生が低く言う。

マンションの駐車場に車を停めると、一ノ瀬先生は一段飛ばしで階段を上った。わたしも〝お道具箱〟を持ってあとを追う。

部屋に入ると、塚原氏は顎を上げてあえぐような息をしていた。下顎呼吸だ。血圧を測ると、六六の四〇。脈拍は一一〇。酸素飽和度は八二パーセントまで下がっている。

先生は手早く聴診器を当ててから、身振りで啓子さんと次男に奥の和室へ行くように促した。

「今日が峠だと思います。ご長男にもお知らせしたほうがいいでしょう」

「わかりました」

次男がしっかりした口調で応えた。

その日、何度かようすを見に行ったが、塚原氏はわずかに持ち直したようだった。これなら今日は大丈夫かなと思いかけた午後八時四十分すぎ、わたしのケータイに連絡が入った。

啓子さんの落ち着いた声が聞こえた。

「看護師さん、ありがとうございます。今、主人が息を引き取りました」

「えっ」

あまりに静かな声だったので、わたしはうまく返事ができなかった。すぐに一ノ瀬先生に連絡し、わたしもクリニックの車で塚原氏の家に向かった。

自分の車で来た先生と駐車場で鉢合わせになり、二人で階段を駆け上った。

部屋には明々と蛍光灯が灯され、窓が開かれていた。塚原氏はわずかに首を反らし、死者特有の無表情でベッドに横たわっていた。

「一ノ瀬先生、お世話になりました。ありがとうございます」

啓子さんがていねいにお辞儀をした。次男も後ろで頭を下げる。

一ノ瀬先生は一礼して、型通りの死亡確認の診察をした。動かない胸に聴診器を当て、ペンライトで瞳孔を診る。黒々と散大した瞳孔は、もう何かを見ている目ではなかった。

「午後九時八分。死亡を確認いたしました。力至りませんで、申し訳ありません」

先生は深く頭を垂れた。

「いいえ、一ノ瀬先生には十分していただきましたわ。ほんとうに感謝しています」

「そうです。先生、ありがとうございました」

啓子さんと次男がふたたび頭を下げる。先生が二人を慰めるように言った。

「塚原さんは最後までお家にいることができて、よかったと思います。あまり苦しむこともなかったようですし」

「ほんとうに。主人もよく頑張ってくれました」

「そうだよ。お父さんは最後まで楽しそうだったもの」

二人が悲しみをこらえ、塚原氏の遺体にうなずいている。

「ご長男にはもう少し早く来ていただくように言えばよかったですね。すみません」

一ノ瀬先生が申し訳なさそうに言うと、啓子さんがしみじみと応えた。

「いいえ。長男は主人が昏睡になる前に家族といっしょにこちらに来て、二晩楽しく過ごしたんです。最後の夜は、長男と次男と主人の三人で、二時間ほどもおしゃべりしてました。男だけの水入らずで。だから、主人も満足していると思います」

塚原氏は疑心暗鬼に苦しむこともなく、死を恐れることも、家族やわたしたちを恨むこともなく、穏やかなまま最期を迎えた。病気が治るかと訊ねられたとき、一ノ瀬先生がはっきり告知をしなかったことも、今となってはよかったわけだ。

啓子さんがぽつりと洩らした。

「ずいぶんと心配しましたけど、この病気で、こんなに楽に逝けるなんて……。悲しいけれど……ほんとうに、よかった」

その瞬間、強ばっていた彼女の肩が、すっと柔らかみを帯びた。張りつめていたものが消えたのだろう。これまでの啓子さんのつらさを思い、わたしは胸に熱いものがこみ上げた。

「中嶋さん、エンジェルセットを頼みます」

「はい」

わたしは部屋を出て、死後処置用のセットを車のトランクに取りに行った。もどってくると、啓子さんと次男が湯灌をはじめていた。部屋にはオカリナのCDが流れている。

「これ、塚原さんの演奏らしいよ」

一ノ瀬先生が教えてくれた。「アメイジング・グレイス」。聞き慣れた賛美歌が、オカリナのソロ演奏で独特の哀調を帯びる。これが塚原氏のオカリナなんだと、わたしは全神経を集中して聴いた。窓から春の月が顔を出している。透徹した音色が、月まで届きそうな気がした。

「主人が知り合いに頼んで、スタジオ録音させてもらったんです。ふだんは偉そうにしてるのに、録音はずいぶん緊張したって言ってましたわ。それがちょうどいいビブラートになってるんですけど」

啓子さんが湯灌の手を止めて、小さく笑った。

「きれいな音ですね」

わたしも湯灌の手伝いをした。

啓子さんに塚原氏に着せる服を出してもらうよう頼み、わたしは一ノ瀬先生と綿を詰める作業を手早くすませた。塚原氏に用意していた死装束を着せ、敷布と掛布団を整え、すべての処置を終えた。

一ノ瀬先生が姿勢を正して頭を下げる。

「それでは、我々はこれで失礼いたします。どうぞお力落としのないように」

「お世話になりました。主人もきっと喜んでいると思います」

啓子さんは笑顔を作りながらも、つらさと寂しさを懸命に乗り越えようとしていた。夫の苦しみが最小限に抑えられた、そのことだけにすがりながら、悲しみに耐えているのだろう。

「失礼します」

わたしは使った器具を〝お道具箱〟に詰め、一ノ瀬先生のあとから塚原家を出た。

ずいぶん気を揉《も》まされたけど、なんとか修羅場は避けられた。やっぱり一ノ瀬先生は頼りになる。

マンションを出たところで、わたしは先生に言った。

「病気は治りますかと塚原さんに聞かれたとき、はっきり告知をしなかったのは、まもなく昏睡状態になることがわかっていたからですね」

一ノ瀬先生は驚いたように眉を上げ、皮肉っぽく笑った。

「わかるわけないだろう」

「じゃあ、どうして答えをぼかしたんですか」

「それは塚原さんががんになっても知りたくないと、前もって家族に言ってたからさ」

「でも、あのまま症状が悪化していたら、塚原さんは疑心暗鬼になって、たいへんなことになってたかもしれないでしょう」

「そうだろうな」

わたしは焦れったい思いで口を尖らせた。

「じゃあ、塚原さんの看取りがうまくいったのは、単なる偶然だったというわけですか」

一ノ瀬先生が名医だというのは、わたしの幻想なのか。

目を逸らさないでいると、先生はゆっくりと微笑んだ。

「運命は、ときに優しいということだよ。私は無理をしなかったからね。強いて言えば、自然に任せる勇気を持っていたということかな」

駐車場に着くと、一ノ瀬先生は自分の車のほうへ歩きだした。わたしは先生の背中にもう一度声をかけた。

「でも、自然に任せるって、結局、何もしないということじゃないですか」

「そうだよ。でもね、案外、それがむずかしいんだ」

さっきより高くなった月が、先生の後ろ姿を曖昧に照らしていた。

# アロエのチカラ

昼休みに控え室でテレビのワイドショーを見ていたら、初老の司会者がフリップを叩いて怒っていた。

「みなさん、こんなの許せますか。健康番組で勧められた通りにしたら、一カ月で二人が死んじゃった。高血圧が悪化した人が全国で六百人。しかも、コメントしたお医者さんは専門医じゃないっていうんだから」

数日前に、内容が捏造《ねつぞう》だったとわかった健康番組を批判しているのだ。

その番組では、「ヒマラヤ岩塩の健康法」と題して、同じ塩でも、岩塩なら一日一〇グラム摂っても血圧は上がらないと説明していた。それを真に受けて岩塩を使い続けた男性が二人、千葉と山形でそれぞれ脳出血で死亡した。新聞に大きく採り上げられ、問題となったのである。

「この番組、ぼくも見たよ。やばいこと言ってるなって思ってたんだ」

三沢先生が紙パックのカフェオレをストローで啜りながら言った。先生の今日の昼食は、コンビニのサンドイッチだ。

「番組でやっていた実験もヤラセでしょう」

事務のみっちゃんも同じ番組を見ていたようだ。「六人くらいが毎日ヒマラヤ岩塩を使って、そのうち四人は血圧が上がらなかったっていうの。でもほんとうは十人くらいで実験して、血圧の上がった人は結果からはずしちゃったらしいですね」

「ずるいよね。都合の悪い症例をはずしていけば、どんな実験だって有効ってことになるもんね」

わたしが言うと、古沢さんはベテラン看護師らしく、三沢先生に質問した。

「でも、高血圧の患者さんの中には、塩分制限をしなくてもいい人もいるのでしょう」

「ああ、食塩感受性の低い人ね。高血圧患者の約半数は、食塩感受性が低くて、塩を摂取しても、それほど血圧は上がらないんだ」

「その分類を無視して、岩塩なら安心みたいに言うから、真に受ける人が出てきちゃうのよね。放送のあと、スーパーの売り場から岩塩がなくなったらしいわ。バカみたい」

わたしがあきれると、三沢先生が空になったカフェオレの容器をゴミ箱に投げ捨てて言った。

「高血圧ならまだ罪は軽いけど、がんの治療にいい加減な情報を流すのは悪質だよな。患者は藁にもすがる思いなんだから」

「そうですよ」

後輩看護師のチーコが話を引き継いだ。「あたしもよく質問されるんです。アガリクスとか免疫療法は効くのかって。たいていはテレビや週刊誌の受け売りですよ」

それについては、わたしも言いたいことがあった。

「最近は減ったけど、一時期、新聞にひどい広告が出てたでしょう。民間療法でがんを治す本。がんが見る見る消えたとか、余命一カ月の末期がんが治ったとか」

「そうそう。手術は不可能と言われた腫瘍が、跡形もなく消滅！　とかね」

「あきらめなくてよかった、なんていうのもあるわね。ほんとにひどい」

三人の看護師の意見が一致したので、みっちゃんが首を傾《かし》げた。

「でもそんなデタラメ情報、信じる人がいるんですか」

「いるよ」

「いっぱい」

「うちの患者さんにも」

また三人が口をそろえたので、みんな笑った。

そのとき事務室で電話が鳴った。みっちゃんが控え室の子機を取ると、噂をすれば影とやらで、電話の主は飯田《いいだ》幸吉《こうきち》氏だった。怪しげな健康情報が大好きな人だ。

「三沢先生に聞きたいことがあるそうです」

みっちゃんが先生に子機を渡す。幸吉氏の妻安子《やすこ》さんは、卵巣がんの末期で、これまでにもアガリクス、メシマコブなど、がんに効くといわれたものを片っ端から試していた。

「お待たせしました。三沢です……。はい、ええ、はぁ？　奥さんにフコイダン？」

案の定、奥さんのがんに対する代替療法の相談らしい。

「いやあ、それは何とも。ええ、ぼくは詳しく知りませんが、たぶん前のアガリクスと同じですよ。……いや、高濃度でも、即効性でも……、ええ、アルカリ酵素分解抽出でも同じです。いくら『超抗がん作用』なんて書いてあっても、アテになりませんから」

懸命に答える三沢先生を見ながら、わたしは電話の向こうの幸吉氏を思い浮かべた。七十六歳だけれどまだ脂ぎっていて、腕っ節が強そうで、カッと見開いた目は頑固一徹という感じだ。唾をとばしながらしゃがれ声でしゃべり、そのたびに銀歯が目立つ。

三沢先生は必死に応戦している。

「だから、『高吸収エキス』とか、『最新バイオ技術』とかも、書いてあるだけですから……。ええ、ですからそんな言葉に惑わされないで……。えっ、一万二千円？　一日分がですか。

それはちょっと……、いや、一概には否定しませんが、とても勧めるわけには……。ええ、だからくれぐれも慎重に。じゃあいいですか、はい……はい、では」

受話器を置いて、三沢先生はがっくり頭を垂れた。

「先生もたいへんですね」

わたしが慰めると、チーコが聞いた。

「フコイダンって、聞いたことあるけど、もともとは何なんですか」

「さあ、ぼくも詳しくは知らない」

みっちゃんが素早くパソコンで検索してくれる。

「ありました。フコイダンはですね、コンブやメカブのぬるぬるに含まれる多糖類で、がん細胞をアポトーシス、細胞の自殺って書いてあります、に誘導するんだそうです。副作用はいっさいなく、がんだけを消滅させるので、安心だと書いてあります」

「えらく都合のいい説明だな」

「あ、そのはずです。販売元のホームページでした。でも、うまく専門情報みたいに見せかけてあります」

モニターをのぞくと、学術解説のようなページが表示されていた。なるほど、これなら患者や家族は信用してしまうだろう。幸吉氏がどんな情報を見たのかはわからないが、こういうのを読んで奥さんを救えると思ったのなら、気の毒としか言いようがない。

飯田安子さんの在宅診療をはじめたのは、三カ月前の二月のはじめだった。

入院していた患者は、ふつう紹介状を持っているが、安子さんはそれがなかった。彼女は病院の許可を得ず、けんか別れのように自己退院していたからだ。それを強引に決行したのは夫の幸吉氏である。彼がそんな無茶をしたのには、理由があった。

安子さんがかかっていたのは、関東大学の付属病院で、腰痛で受診したのに、検査のあと、いきなり卵巣がんだと言われたらしい。しかも、腹膜に転移しているので、手術はできないと宣告された。

「安子はもうびっくりしちまってよ。いきなりそんなこと言われたら当然だろ。まだ若い医者で、頭はいいのかもしれないが、人の気持のまったくわからねぇヤツだった」

幸吉氏は銀歯を剥き出して怒っていた。

突然の告知に、安子さんはショックを受け、もう病院に行きたくないと泣いたらしい。しかし、がんならやっぱり大学病院でなきゃだめだと、幸吉氏が引きずるようにして診察に通わせた。安子さんは抗がん剤で治療することになったが、診察のたびに、「腹水が溜まってる」とか「がんが大きくなってる」とか言われたらしい。血液検査では、CA125という腫瘍マーカーが測定された。

「そのなんとかマーカーってのも、いちいち安子に言うんだ。正常値は三五以下なのに、七〇になった、一〇〇を超えたってな。そんなこと聞きたくねぇんだよ。だから、オレは頼んだんだ、悪い結果は本人に言わないでくれってな。そしたら若造の医者が、これは大学病院の方針ですとぬかしやがった。医者は病気を治すのが仕事だろ。それができないくせに、方針もへったくれもないってんだ」

診察のたびに悪い結果を聞かされて、安子さんは食欲を失い、うつ病になりかけた。主治医は経口の抗がん剤では効果がないと判断し、点滴に替えることにして安子さんを入院させた。

「強い薬を使うって言うから、先生、キツすぎやしませんかって聞いたんだ。そしたら、あなたは奥さんを治したくないんですかなんて言いやがる。治したいに決まってるじゃねぇか。副作用が心配だから聞いてるんだ。なのに、治療してやってるのに、文句あるかって態度なんだ」

入院後、治療は効果があり、腫瘍は少し小さくなったらしい。ところが、副作用で髪の毛が抜け、吐き気で食事ができなくなり、おまけに不安と恐怖のために、安子さんは失語症になってしまった。

「安子は急に口がきけなくなっちまった。呼んでもうなずくばかりで、声が出ないんだよ。安子は抗がん剤の点滴が怖かったんだ。体重も三十二キロまで落ちた。もともとは四十五キロくらいあったのによ。このままじゃ殺されると思って、もう薬をやめてくれって頼んだのに、医者は聞いてくれねえ。だから、連れて帰るって言ったんだ。病院で殺されるより、オレが家で看取るほうがいいと思ってな」

家に帰ったあと、安子さんはまったく医療の手を離れた状態だった。激怒していた幸吉氏は、退院後の診察まで考える余裕がなかったのだ。だからケアマネージャーの紹介で、三沢先生が診察に行ったとき、幸吉氏は「地獄で仏だ」と喜んだ。

安子さんは七十二歳なのに皺は少なく、小柄でおとなしそうな女性だった。三沢先生は幸吉氏の話を辛抱強く聞き、診察もていねいにした。大学病院での短い診察しか知らない幸吉氏は、「いい先生に来てもらった。端《はな》からこの先生に診てもらえばよかった」と小躍りせんばかりだった。

そんな幸吉氏を見て、わたしは同情する反面、妙なことにならなければいいがと、危ぶむ気持もあった。

最初のトラブルは、診察をはじめてから一カ月後に起こった。

薬をのませたあと、急に足が冷たくなったといって、安子さんの両足に使い捨てカイロを直接当てたのだ。失語症で「熱い」と言えない安子さんは、両足とも低温火傷《やけど》になり、ニワトリの卵ほどの水ぶくれができた。

「足に触ったら氷みたいになってたんだ。こりゃいけないと思って、慌ててマッサージしたけど、温かくならねぇ。それでカイロで温めればいいと思って」

幸吉氏はしきりに弁解したが、安子さんの両足の痛々しさはどうにもならなかった。

傷の処置を終えてから、三沢先生が幸吉氏に言った。

「これからカイロを当てるときは、直接ではなくタオルか何かに包《くる》んでください」

「でもよ、足が冷たくなったのは、やっぱりあの〝セデス〟が悪かったんじゃねえのかい」

幸吉氏は不満げに問い返した。

幸吉氏の言う〝セデス〟とは、モルヒネのことだ。安子さんはがんの転移による痛みを抑えるため、入院中からモルヒネの散薬を服用していた。麻薬というと安子さんが怖がるので、幸吉氏が勝手に〝セデス〟と称していたのだ。退院したあとは、薬局で頭痛薬のセデスを買ってのませていた。当然、効かないので、ケアマネージャーに相談したことが、クリニックへの紹介のきっかけだった。

符丁のつもりが、いつの間にか、幸吉氏は実物と混同してしまったようだ。麻薬だから無闇にのませてはいけないと三沢先生が注意すると、幸吉氏はこう言った。

「大丈夫だよ。それに、あの薬はけっこう苦いし」

それで幸吉氏ものんだことがわかり、三沢先生は麻薬の取り扱いについて厳重に注意をした。幸吉氏はふてくされたように、「オレだって、頭痛のときしかのまねえよ」と言ったので、先生は頭を抱えてしまった。

幸吉氏は思い込みが激しく、強引でかなりそそっかしい性格だった。若いころから建設関係の仕事をして、四十代で知人の請負会社に入り、最後はそこの重役で退職したという。だから家は庭つきの一戸建てだし、年金暮らしの割には生活にも余裕があるようだ。

一人息子の幸太郎《こうたろう》氏は、父親に似ずインテリタイプで、設計事務所のエリート建築士とのことだった。初診のときに同席していたが、縁なし眼鏡をかけた細い目がいかにも冷たい感じだ。四十代半ばで独身で、両親とは別に暮らしているため、安子さんの世話は幸吉氏が一人でしなければならなかった。

安子さんの病室は、庭に面した八畳の和室で、真ん中にベッドを入れ、横の事務机に必要なものを揃えていた。

在宅診療をはじめたころの安子さんは、ほとんど食事が摂れず、スープやヨーグルトくらいしか食べられなかった。三沢先生は点滴を指示したが、安子さんはそれをいやがった。皮膚が敏感なのか、針を刺すときにとても痛がるのだ。

三沢先生は点滴の必要性を説明したが、安子さんは首を振るばかりだった。失語症は家に帰ってからも治らず、点滴の針を刺すときにも、顔をきつくしかめるだけで、「痛い」の声は出ない。横で幸吉氏が苛立《いらだ》つ。

「おまえ、点滴くらい我慢しないでどうすんだよ。チクッとするだけだろ。オレなんかおめえ、鉛筆くれえのぶっとい注射をされたって平気だぞ」

三沢先生がそれを無視して、安子さんに優しく言った。

「じゃあ、もう少し口から食べられるようになったら、点滴を減らしましょう。そのためにも頑張って食べてください」

このころの三沢先生の悩みは、抗がん剤を再開するかどうかだった。副作用の強い点滴の薬は使えないが、経口の抗がん剤なら家でも使える。しかし、副作用はゼロではなく、効果の保証もない。

「在宅での末期がん患者の治療は、どこまでやるべきでしょうか」

三沢先生が相談すると、一ノ瀬先生はこう答えた。

「患者にもよるけれど、効果と副作用のバランスだな。末期の場合は、治療しないほうが長生きすることもあるからね。あとは本人と家族の希望をよく聞いて」

「家族の希望ですか……」

三沢先生は憂うつそうに言った。安子さんが失語症である以上、幸吉氏の希望を聞くしかない。なんとなく過大な要求をされそうで、気が重かったのだろう。

ところが予想に反して、幸吉氏は抗がん剤の再開を求めなかった。

「もう抗がん剤はこりごりだ。それよりもまず、安子の体力をつけることが先決だろ」

思いがけずまともな答えに、三沢先生もほっとしたようだった。ところが、それもつかの間、幸吉氏は事務机の引き出しから、黒と赤の毒々しい箱を取り出した。金文字で「精命霊茸」と書いてある。

「抗がん剤の代わりにこれを使ってみようと思うんだ」

「何ですか」

「中国産のアガリクスよ」

幸吉氏は先生に箱を押しつけ、老眼鏡をかけて横にあった新聞の切り抜きを広げた。

「これがすごいんだ。これをのんで末期の肺がんも、脳に転移した乳がんも、大きな胃がんもみんなケロリと消えちまったそうだ。漢方と組み合わせた新しい薬で、〝超抗がん力〟というらしいな。もう十万人もの人が助かったと書いてある」

それは記事ではなく、製造元の広告だった。三沢先生はうさん臭げに箱を見ていたが、横に小さく書かれた文字を見て笑った。

「ほんとに中国産ですか。会社の住所は大阪になってますよ。会社名はジャパンBS建築研究所。なんで建築研究所がアガリクスを作るんです」

「知らねえよ。材料を中国から輸入してんだろ。それよりこれを見ろよ」

幸吉氏は会社のパンフレットを広げた。患者の体験談が写真入りで印刷されている。

「こんなにやせてた人が助かってんだ。こっちは医者も見放した肝臓がんだ。安子と同じ卵巣がんもある。ここに書いてあるだろ、〝治る！　助かる！　がんが消える！〟って」

三沢先生とわたしは黙って顔を見合わせた。幸吉氏は老眼鏡をずらし、チラシをじっと見つめている。大学病院の抗がん剤で、安子さんを弱らせたのは自分の責任だと、初診のときに幸吉氏は悔やんでいた。それを挽回しようと必死なのかもしれない。

三沢先生は幸吉氏に箱を返し、念を押すように言った。

「別に使ってもいいですが、使用法はきちんと守ってくださいよ」

「わかってるって。たくさんのませても効果は同じって書いてあるからな。実はもう先週から使ってんだ」

幸吉氏は悪戯がばれた子どものように舌を出した。

アガリクス以外にも、メシマコブや霊芝《れいし》など、がんに効くとされる代替療法を幸吉氏は次々と試した。これといって副作用はないようなので、三沢先生も黙認していたが、幸吉氏の世話はときに暴走することがあった。

ある日、診察に行くと、安子さんが何度もあくびを繰り返した。幸吉氏に聞くと、失語症を回復させるために、氷川きよしのカセットをかけているという。

「耳を刺激すれば、言葉も出るんじゃないかと思ってね。寝てるあいだも刺激したほうがいいと思ったから、一晩中ずっと鳴らしてるんだ」

そのために安子さんが睡眠不足になっていたのだ。三沢先生が安眠妨害だと言うと、幸吉氏はしきりに首を傾げ、「そうかな、オレは横でぐっすり寝てるんだがな」と不服そうだった。

別の日は、三沢先生と診察にまわっているときに、ケータイに怒りの電話がかかってきた。

「連絡してから二十分もたってるのに、何やってんだ。早く来ないと救急車で病院へ連れて行っちまうぞ」

安子さんがお腹を痛がっていると、クリニックに連絡が入ったのだ。クリニックからわたしのケータイに連絡が入り、ほかの患者さんを診察中だったが、それを中断して駆けつけている途中だった。折り悪しく離れたところにいたので時間がかかったのだ。

「五秒ごとに顔しかめて痛がってんだよ。もう見てらんねえよ」

そう言うので、わたしは猛スピードで飯田家に急行した。玄関で靴を脱ぎ捨てて和室に駆けつけると、安子さんはふだん通りに横になっていた。

幸吉氏が照れくさそうにこめかみを掻く。

「あれからキャベジンをのましたんだ。そしたら、ちっとましになってさ」

三沢先生が腹部を診察したが、特に痛みはなさそうだ。幸吉氏が声を荒らげる。

「さっきは痛いと言ってたじゃねぇか。ここが痛いんだろ」

乱暴にへそのあたりを押さえるので、三沢先生が止めた。

「わかりました。今、痛みがおさまっているならけっこうです」

「いや、先生、さっきはひどく痛がってさ。このままどうにかなるんじゃねえかと思ったんだ。オレはてっきり盲腸だと思ってよ。これは救急車を呼ぶしかねえって」

「少し落ち着いてください」

必死に弁解する幸吉氏を宥めると、三沢先生は聴診器を白衣のポケットにしまった。

「飯田さん、お気持はわかりますが、療養中はときどきこういうことが起こるのです。でも、たいていはようすを見ていればおさまりますから」

「そんなこと言ったって、こっちは素人なんだから」

「だから、いつでも電話で相談してください。看護師がようすを見るように言ったら、それで大丈夫ですから、あまり慌てないで。現に痛みは止まっているでしょう」

「おかしいな。キャベジンが効いたのかな」

「いや、そうじゃなくて……」

三沢先生はがっくり肩を落とした。

そんな幸吉氏だったが、わたしはあるとき思いがけない面を見た。

安子さんは夜中に熱が出たり、吐き気が起こることがあり、そのたびに幸吉氏が世話をしていた。疲れがたまり、訪問時に座敷でうたた寝をしていることもあった。それでも自分で料理を作り、掃除や洗濯も一人でやっている。

無理をすると幸吉氏が倒れてしまいそうだったので、わたしはヘルパーを入れることを勧めた。ところが頑として受け入れない。他人を家に入れるのがいやなのだろうかと思い、

「最近のヘルパーは、専門のトレーニングを受けてますから安心ですよ。家のこともぜったいに口外しませんから」と説得した。

ところが返ってきた答えはこうだった。

「これまで、家のことは安子に任せっきりだったから、オレは何もできねぇんだよ。今のうちに覚えとかなきゃ、あとで困るからな」

幸吉氏は、安子さんの死後に備えて、家事の練習をしているのだった。アガリクスやメシ

マコブを使いながらも、安子さんの命がそんなに長くないことを、心の底では覚悟していたのだろう。

午後の診療の準備をしていると、三沢先生がわたしを呼んだ。

「中嶋さん、ちょっとこの記事、見てごらん」

新聞に「怪しい情報 見極める力を」という見出しで、健康情報や宣伝にだまされない方法が書いてあった。健康番組でよく使われる怪しげな言葉として、「血液を浄化する」「脂肪を燃やす」などとともに、「自然治癒力」が出ていた。

「一ノ瀬先生もよく自然治癒力って言うよね。でも、ここには医学的にはあまり使われないと書いてある」

たしかに一ノ瀬先生は、在宅医療のメリットは、身体の持つ自然な治癒力を最大限に発揮できることだと言っていた。病院では、ストレスとか濃厚治療の副作用のために、その力が弱められるというのだ。

「患者がこの記事を見たら、一ノ瀬先生の説明も怪しいと思うんじゃないだろうか」

「三沢先生はどう思ってるんです。自然治癒力の話は患者さんにしないんですか」

「ときどきするよ。便利な言葉だからね。末期がんの人や寝たきりの人に、自然治癒力が発揶揄されますとか言えば、励みになるじゃん。リップサービスみたいなもんだね」

「ひどい。ほんとうは信じてないんですね」

一ノ瀬先生を信頼しているわたしには、三沢先生の言い方は在宅医療への冒瀆《ぼうとく》のように聞こえた。

「中嶋さんは信じてるの。でも、医学的な根拠がなければ、医療者として患者には責任を持って説明できないと思うな」

医学的な根拠や客観性は、一ノ瀬先生もいつも重視している。むしろストイックすぎるくらいに、治療と効果の因果関係を突き放して考えている。その先生が気軽に自然治癒力を口にするのはなぜだろう。

考えあぐねていると、昼の自転車散歩をすませた一ノ瀬先生が帰ってきた。

「あ、先生。ちょうどよかった。お聞きしたいことがあるんです」

わたしはやや遠まわしに、自然治癒力について聞いてみた。一ノ瀬先生は当然という顔で答えた。

「自然治癒力が医学的に存在するかって？　もちろんだよ」

「論文とかあるんですか」

三沢先生が意外そうに聞く。

「そんなものはないけどね。だれでも怪我をしたら傷が治るだろう。風邪でも下痢でも、薬なしで治る。鼻血も押さえていれば自然に止まる。治癒力がなければ、そんなことは起こり得ない。それが自然治癒力が存在するれっきとした証拠さ」

なんだ、一ノ瀬先生の言う自然治癒力とは、その程度のものなのか。フルコースを期待して一流レストランに入ったら、お茶漬けが出てきたような感じだ。

「それくらいの治癒力じゃ、患者さんは満足しないんじゃないですか。患者さんは、がんが治るくらいの力を期待していると思いますが」

「かもしれんね」

一ノ瀬先生はいつもの皮肉っぽい笑いを浮かべ、ミーティング用の椅子にゆったりと座った。三沢先生が読んでいた新聞記事をちらと見て、「これか」というように鼻を鳴らした。

「そりゃ、自然治癒力に特別な効果を期待したら、インチキになるだろうな。しかし、傷や風邪を治す力をバカにしちゃいけない。もちろん万能とは言わないが、私はがんが治らないとも思っていない。実際、よくなったケースもあるだろ」

あすなろクリニックの患者で、末期がんと言われながら、自宅でけっこう長く生きている人はいる。いちばん長い人で、もうすぐ二年だ。その人は抗がん剤も何も使わず、自宅療養を続けている。

「飯田安子さんもそうじゃないの。何も治療してないんだろ」

「そうなんです。なんとなくがんの進行は止まってるみたいで」

三沢先生は自分でも不思議そうに言った。

「在宅医療では、ときどき奇妙なことが起こるよ。まだまだ研究されていないからね。治療していない人がよくなったり、死ぬはずの人が死ななかったり」

一ノ瀬先生は冗談めかして、ニヤリと笑った。

安子さんの病状は、一月半ほど前から不思議に改善していた。アガリクスとメシマコブが効かなかったので、幸吉氏が次の代替療法をさがしているうちに、食欲が回復してきたのだ。ひとつには、点滴がいやということもあったかもしれない。食べられるようになったら点滴をやめるという約束を信じて、安子さんは懸命に努力をした。ときには嘔吐することもあったが、なんとか三度の食事ができるようになり、三沢先生は二週間前から点滴をせずにようすを見ていた。

幸吉氏も喜んで、診察のたびに上機嫌で軽口をたたいた。

「やっぱり家に帰って正解だったな。あのまま病院にいたら、今ごろは仏壇の中だったぜ」

安子さんが座れるようになったときは、うれしさのあまりベッドの周りを飛び跳ねた。

「座れるようになりゃ、もうこっちのもんさ。この調子なら夏までもつかもしれねえ」

これを本人の前で言うから、ヒヤリとする。

安子さんは粥《かゆ》が食べられるようになり、ふつうの食事も少しのどを通るようになった。といっても、そばを二口食べたとか、イチゴミルクを飲んだとかという程度だ。なのに幸吉氏は、「このごろ安子の体重が増えてきた」と喜んでいた。見た目にはそうは思えない。そもそもベッドから降りられない安子さんの体重を、どうやって測るのか。三沢先生が聞くと、幸吉氏は答えた。

「おむつを替えるときにわかるんだよ。身体を横向きにするだろ。抱えると、前より重くなってんだ」

それは幸吉氏が疲れて、体力がなくなったからではないのか。あまり無理をして、幸吉氏が倒れたら安子さんも困ると言っても、彼は懸命の介護をやめなかった。

その思いが天に通じたのか、安子さんは徐々に快方に向かいはじめた。それまで八〇から九〇台だった血圧が、一〇〇を超えるようになり、表情にも活気が出てきた。三沢先生もわたしも素直に喜んだが、一ノ瀬先生は簡単には楽観しなかった。

「患者がよくなると、かえって困った状況になることもあるからね」

不吉な予言は、やがて現実になった。

安子さんの診察は、毎週水曜日の午後に行っていた。次の診察のとき、幸吉氏は庭で植木の手入れをしていた。いやに機嫌がよさそうだった。

「いつも世話になるねえ。ま、どうぞ」

安子さんの部屋に行くと、幸吉氏は奥で手を洗ってから、庭仕事の恰好のまま入ってきた。

「この前は、電話で世話をかけたね。あれからいいものを見つけてさ」

幸吉氏は引き出しからペットボトル入りの茶色い液体を取り出した。「超フコイダン」と書いたラベルが貼ってある。見るからにぬるぬるしていてまずそうだ。

「これは安いんだ。一日三千円ちょっとだから。取り敢えずはこれでようすを見ようと思ってな」

毎日、安子さんに飲ませているらしく、机に専用の計量カップが置いてある。効果のほどはまだわからないが、安子さんは「絶好調」だという。

「このごろどんどん元気になってきてさ。顔色もいいし、腹も痛がらない。がんが小さくなってんじゃないかと思うんだよな」

幸吉氏がこんなことを言うときは要注意だ。いやな予感がしたが、身構える間もなく幸吉氏は続けた。

「それで、先生、ちょっと調べてもらいたいんだけど」

「何をです」

「マーカーってヤツだよ。血の検査でわかるのがあるだろ」

関東大学の付属病院で調べていた腫瘍マーカーのCA125のことだ。

血液検査は三沢先生も何度かしていた。それは貧血や腎機能を調べるためで、CA125は測っていなかった。測ってもどうすることもできないし、どうせ上がっているに決まっているからだ。

「それはやめておいたほうがいいと思いますよ」

「なんでだよ。先生、頼むよ。大学病院にいたときは、毎週測ってたんだぜ。検査のたびに上がってるから、もうやめてくれって言ったんだけどよ。あれからだいぶよくなってるみたいだから、きっと下がってると思うんだ。こいつも知りたがってるにちがいないさ、なあ、安子」

安子さんは首を縦にも横にも振らない。

「それじゃ、少しようすを見て測りましょうか」

「そんなこと言わずに、今日、測ってくれよ。今日でもできるんだろ」

幸吉氏は目ざとくわたしの〝お道具箱〟を見る。

「病院で最後に検査したときは、二五〇って言われたんだ。まだ一〇〇は切ってないかもしれねえけどよ、安子の元気さからしたら一二〇くらいのときと同じ感じなんだ。頼むよ、先生。マーカーが下がってたら、安子の励みにもなるんだから」

安子さんが座れるようになり、食欲も回復してきたから、腫瘍マーカーが下がっていると幸吉氏は思い込んでいるようだった。そんなふうに期待しても、結果が悪かったら落ち込むに決まっている。三沢先生も検査はしないほうがいいと思っているようだ。

「飯田さん、腫瘍マーカーはあまり気にしないほうがいいですよ。必ずしも症状に一致しないし、腫瘍の大きさにも関係のないことが多いんです。ひとつの目安に過ぎないので、一喜一憂するのはあまり感心しませんね」

「わかってるって。でもさ、家でできる検査はそれくらいだろ。別に副作用があるわけじゃなし」

三沢先生は仕方なく、渋々わたしに採血の指示をした。安子さんの注射ぎらいはよくわかっている。わたしは申し訳ない気持でいっぱいだったが、安子さんの腕に駆血帯を巻いた。

「ごめんね。ちょっとチクッとするけど、我慢してね」

「大丈夫だ、な、安子。痛くなんかないから」

そりゃあんたは痛くないだろうと、わたしは内心で怒りのツッコミを入れた。

クリニックにもどってから、三沢先生は検査項目にＣＡ１２５を書き加えた。

「どんな値で返ってくるんでしょう。先生は下がってると思いますか」

「さあ、むずかしいと思うけど」

検査結果が返ってきたのは、次の診察日の前日だった。

恐る恐る報告用紙を見ると、値は七七九。正常値の二十倍以上だ。病院での検査値と比べても三倍ほどの上昇だ。

「やっぱり」

三沢先生は右手で顔を覆った。しかし、結果が出てしまったものは仕方がない。

翌日、飯田家を訪問すると、珍しく息子の幸太郎氏が玄関口で待っていた。

「診察の前に、ちょっとこちらへ」

幸太郎氏はわたしたちを横の応接間に招き入れた。遅れて幸吉氏が入ってくる。

「よう、先生。マーカーはどうだった」

三沢先生が答えに詰まると、幸太郎氏がソファを勧めてくれた。

「先週、父が腫瘍マーカーの検査を頼んだと聞いたもので」

幸太郎氏は仕事を抜け出してきたのか、実家なのにネクタイ姿だった。

「で、結果はどうだったのでしょうか」

幸太郎氏は冷静な声で訊ねた。三沢先生はカルテを広げ、口ごもりながら答えた。

「申し上げにくいのですが、CA125は、残念ながら下がってませんでした。むしろかなり上がっていて……」

重苦しい沈黙が流れる。幸太郎氏が「いくらです」と声を低めた。

「七七九です」

「何だって」

幸吉氏は信じられないというように、身を乗り出した。

「だから先週も言った通り、これはひとつの目安ですから、必ずしも病気が悪くなったわけではなく」

「何かのまちがいじゃねえのか。ほんとに安子の血を調べたのか。だれかのと入れ替わったんじゃねえのか」

「親父、落ち着けよ」

幸太郎氏が父親をなだめて、三沢先生に低く言った。「検査をお願いしたと聞いたので、おそらくこういう結果になるだろうと思っていました。母は大学病院で検査の結果を聞かされるたびに、落ち込んでいました。だから、今回の結果は母に言わないでほしいのです」

思いがけない依頼に、三沢先生は困惑の表情を浮かべた。幸太郎氏は、当然の依頼だといわんばかりに落ち着き払っている。三沢先生が考え込み、「うーん」とうなり声をあげた。

「腫瘍マーカーを検査したことは、安子さんもご存じですからね。隠しておくわけにはいかないのじゃないですか。腫瘍マーカーのことを言わずに採血していたのなら別ですが」

幸太郎氏が舌打ちをして幸吉氏を見た。

「親父、母さんの目の前で検査を頼んだのか」

「だって、先生はいつも安子の前にいるんだから……」

「こっちの部屋で頼めばいいじゃないか」

語気を荒らげた幸太郎氏に、幸吉氏は肩をすぼめた。力関係は息子のほうが上らしい。

幸太郎氏は厳しい表情で考え込んでいた。検査の結果は悪い、結果を告げないわけにはいかない、しかし母親を落胆させるわけにはいかない。彼はこのパズルを懸命に解こうとしているかのようだった。

やがて彼は顔を上げ、むずかしい注文を解決した建築士の顔で言った。

「では、三沢先生。申し訳ありませんが、腫瘍マーカーは下がっていたと言っていただけませんか。前は二五〇くらいだったと聞いてますから、一五〇くらいに」

三沢先生があっけにとられたように目を見開いた。

「結果を変えて、言えとおっしゃるのですか」

そんなごまかしをしたら、医療者の誠意は崩れてしまう。先生は苦しげに顔をゆがめ、声を絞り出すように言った。

「ぼくには、それはできません。患者さんに嘘をつくことは、医師としての良心に反します」

幸太郎氏が猛烈な勢いで抗議した。

「それは時と場合によるでしょう。患者が精神的に落ち込むとわかっていながら、事実を告げるのは、それこそ良心に反する行為ではないですか。母に結果を言わざるを得ないのなら、そこは手加減していただかないと」

「今、嘘を言うと、きっとあとでツケがまわってきます。検査はよかったのに、症状がよくならず、患者が疑心暗鬼に陥るからです。嘘の結果を言うくらいなら、はじめから検査などしなければいいのです」

「今さらそんなことを言っても遅いでしょう。もう検査はしてしまったのだから」

「こちらが検査を勧めたわけではありません。こうなることが予想されたから、しないほうがいいと言ったのです。それをどうしてもとおっしゃったのは、お父さんですよ」

「オレだって悪気があったわけじゃねえ。きっとマーカーが下がってて、安子が喜ぶだろうと思ったから……」

幸太郎氏が険しい表情で父親を見た。縁なし眼鏡が冷たく光る。

幸吉氏は追いつめられたように身震いし、突然、ソファから下りて土下座をした。

「先生、お願いだ。安子にはよくなってると言ってくれ。この通りだ」

これには三沢先生も慌てたようだ。しかし、先生のような若い世代に、土下座が通用するだろうか。わたしだって、困惑はするがそれで要求を聞く気にはなれない。

案の定、三沢先生は考えを変えないようだった。

「飯田さん、やめてください。今、嘘を言えば、ずっと嘘をつき続けなければならなくなります。ぼくにはそんな自信がありません。ぼくは医師として、患者さんにほんとうのことを言う義務があります」

幸太郎氏が舌打ちをして立ち上がった。

「ほら見ろ、親父。この医者だって大学病院の石頭と同じじゃないか。自分たちの正論ばかりふりかざして、患者のことなどぜんぜん考えない。せっかく忙しいなか時間を割いて来てやったのに。オレはもう知らないからな。言うだけのことは言ったんだ。あとは勝手にやってくれ」

そう言うと、上着をひっつかんで部屋を出ていった。玄関の扉を荒々しく閉め、門を出ていく。

あきれていると、幸吉氏が立ち上がって三沢先生に言った。

「先生、なあ、頼むよ。安子がかわいそうじゃねえか。ちょいと数字をごまかすだけだろ。また次にほんとうのことを言えばいいさ。そのときはオレも何も言わないからよ。今回だけはよろしく頼むよ。な、この通りだ」

拝むように両手を合わせ、血走った目で三沢先生を見つめる。先生は短く唸り、唇を震わせた。

「でも、それはよくありませんよ。目先のことにとらわれてると、きっと後悔します」

「いいんだよ。患者の家族が頼んでるんだから、聞いてくれりゃいいだろう。あとのことはこっちでどうにでもするから」

幸吉氏の声が苛立っている。息子がいなくなって、いつものペースを取りもどしたようだ。三沢先生はそれでも考えを変えるつもりはなさそうだった。

ふいに幸吉氏が声を荒らげた。

「そうかい、わかったよ。これだけ言ってもだめなのかい。もう頼まねえ。その代わり責任はとってくれるんだろうな。安子が落ち込んで、メシが食えなくなったらあんたのせいだからな」

幸吉氏は捨てぜりふを言うと、荒々しい足取りで部屋を出ていった。安子さんの部屋には向かわず、奥の間にこもったようだ。

「どうする」

「困りましたね」

取り残されたわたしたちは、互いに顔を見合わせた。どうすればいいのか、わたしにもわからない。

「取り敢えず、診察をしよう」

三沢先生は廊下に出て、八畳の和室に行った。

安子さんは仰向けに寝たまま、じっと天井を見ていた。

「こんにちは」

三沢先生が気まずそうに挨拶をする。安子さんは目だけ先生に向けて、かすかにうなずいた。

「えっと、今、あっちの部屋で息子さんとご主人に話してたんだけど、聞こえたかな」

わずかに首を振る。緊張した目は、三沢先生の顔から離れない。

「この前の検査なんだけど……」

安子さんの強い視線が三沢先生に注がれる。先生はどう言うつもりか。

「検査の結果、聞きたいですか」

安子さんはしっかりうなずく。三沢先生は困ったように咳払いをする。

「実は、あんまりいい値じゃないんです」

安子さんは目を逸らさない。

「それでも聞きたいですか」

まだ言っている。これじゃ蛇の生殺しだ。わたしが苛立ちかけたとき、三沢先生は観念したように、カルテを開いて言った。

「腫瘍マーカーの値は……七七九です」

安子さんは大きく目を見開き、三沢先生を見つめた。その瞳が小刻みに揺れ、徐々にさまようように先生から離れた。まばらな睫毛の目から涙があふれる。驚きと悲しみの中に、老いた目が沈んでいくようだった。

「すみません」

三沢先生が頭を下げた。何に謝っているのか。事実を告げたことか。それとも悪い結果が出たことか。

いずれにせよ、三沢先生がつらい思いをしていることはわたしにも痛いほどわかった。嘘を言ったほうが、先生も楽にちがいない。

わたしは複雑な思いで安子さんの血圧と脈を測った。三沢先生も言葉少なに聴診と触診をして、診察を終えた。

廊下に出ると、奥の間の前に幸吉氏が立っていた。

「言ったのか」

「言いました」

「このっ……」

幸吉氏は短く呻き、拳を振り上げた。しかし、太い腕は硬直したまま動かない。拳はやがて力なくおろされた。三沢先生はたじろがずに、ずっと幸吉氏を見つめていた。幸吉氏は目を逸らし、思い詰めたように下を向いた。うなだれたまま、ゆっくりと安子さんの部屋へ入っていく。

先生とわたしは、無言のまま飯田家の門を出た。

翌週の水曜日、わたしは安子さんの診察に行くのに気が重かった。腫瘍マーカーの結果を告げたあと、ショックで体調を崩さなかっただろうか。安子さんだけでなく、幸吉氏のことも気がかりだった。

それでも診察に行くしか仕方がない。家の前に車を停め、覚悟して呼び鈴を鳴らそうとしたら、幸吉氏は庭にいた。

「おう、先生か」

意外に明るい声だ。ホースで植木に水をやっている。門を開けると、水を止めて近づいてきた。三沢先生が身構える。

「奥さんは、あれからいかがでしたか」

「たいへんだったよ」

幸吉氏が憮然として言う。しかし、すぐに明るい調子にもどる。

「先生たちは帰ったらそれまでだけど、こっちはずっと面倒を見なきゃならねぇんだから。安子は泣いてたよ。けどな、いつまでくよくよしてもはじまらないしな」

どうしたんだろう。いやに前向きだ。三沢先生がとまどっているので、わたしが訊ねた。

「奥さん、食事はできてますか」

「ああ、フコイダンをやめてからな」

「あのぬるぬるの液、やめたんですか」

「そうだよ。あれを飲みだしてから安子は調子が悪くってさ。マーカーを測ったのも、ちょうどそのときだったんだ。だからひどい結果だったろ」

わたしは三沢先生と顔を見合わせた。幸吉氏は、腫瘍マーカーが高かったのはフコイダンのせいだと決めつけているようだ。あのときは「絶好調」と言っていたくせに。

「やっぱりああいうもんは、合う合わないがあるんだよ。検査の結果が悪かったんで、オレも心配したけど、あれをやめてから前みたいに食べられるようになってさ」

それなら上等だ。三沢先生もほっとしたようすで、玄関から安子さんの部屋に入った。

「こんにちは」

安子さんは相変わらず言葉は出ないが、表情は暗くなかった。血圧も脈拍も落ち着いている。

「よかった。落ち込んでないかと心配してたんですよ」

三沢先生が言うと、幸吉氏が反論した。

「バカ言うな。あのときは落ち込んだよ。三日ほどメシものどを通らなくてさ。でも原因がわかったからな。もう失敗はしない。今度のは大丈夫だ」

「え、今度のはって」

「これだよ」

幸吉氏が引き出しから取り出したのは、生のアロエだった。

「灯台もと暗しってヤツだな。怪しげな薬より、やっぱり自然のものがいい。なんでも、アロエは免疫を強くする効果があってさ、キラーなんとかってのが増えて、がんを殺すんだってな」

がんの闘病記に、アロエの効能を書いた本があったらしい。幸吉氏は庭のアロエを取ってきて、葉肉をすり下ろし、ヨーグルトにまぜて安子さんに飲ませているという。

「飲みにくくないですか」

わたしが聞くと、安子さんは苦笑いを浮かべて目を逸らした。飲みやすくはないけれど、幸吉氏が作るから仕方ないという表情だ。

何にせよ、腫瘍マーカーの危機を乗り切れたのはよかった。アロエなら大した害もないし、経済的にも安上がりだ。効果など期待はしないが、幸吉氏が納得しているのならそれでいい。

ところが驚いたことに、アロエを使いだしてから、安子さんの症状がよくなりだしたのだ。

七月に入って最初の診察のとき、ついに奇跡とも思えることが起こった。

「先生、聞いてくれ。安子がしゃべれるようになったぜ」

「えっ」

三沢先生が絶句し、怪しむように幸吉氏を見た。

「一昨日、急に声が出たんだよ。アロエのおかげさ」

幸吉氏が胸を張った。安子さんはいつも通り寝ていたが、表情は心なしか明るかった。

「安子さん、話せるようになったんですか」

「あー、はい」

先生の問いかけに、安子さんは控えめな声で答えた。はじめて聞く安子さんの声だ。

わたしもうれしくなって、話しかけた。

「よかったですね。わたしにも何か言って」

安子さんは大きくまばたきして言った。

「あんた、太ったねぇ」

「えーっ、ひどい」

あまりに意外な発言に、全員が大笑いした。

「オレはやっぱり、安子のがんが治ってきたと思うんだ。そりゃマーカーの数字は悪かったけどよ、先生も言ってたじゃないか。あれは目安みたいなもんで、アテにならないって」

「はあ」

強引な解釈だが、三沢先生は否定しなかった。がんがどういう状態にあるにせよ、失語症が治ったのは事実だ。

気の早い幸吉氏はこんなことまで言った。

「この調子なら、秋には車椅子に乗れるようになると思うんだ。ピクニックに連れていってやりたいからよ、車椅子のまま乗れる車があるだろ。それを買おうと思ってんだ」

「リフトつきの車ですか。それはまだちょっと……」

三沢先生が止めると、幸吉氏は楽しみをじゃまされた子どものようにふて腐れた。

「なんだよ。先生は反対なのかい」

「いえ、そういうわけじゃ」

わたしが助け船を出す。

「介護の車はレンタルがあるんですよ。いろいろ試してみて、気に入ったのをさがしてから買っても遅くないですよ」

「そうか。レンタルな。それはいいかもしれんな」

幸吉氏は機嫌を直して、もとの笑顔にもどった。

診察のあと、帰りの車の中で三沢先生が不思議そうに言った。

「ほんとうにどうしたんだろう。ひょっとして、アロエが効いたんだろうか」

「先生までそんなことを」

冗談かと思ったが、先生はまじめに続けた。

「でも、安子さんのお腹が少し柔らかくなってたんだよ。この前まで板みたいにかちかちだったのに」

安子さんの腹部は、がん性腹膜炎のために押してもへこまないほど硬くなっていた。それが柔らかくなったということは、腹膜炎が軽快したのだろうか、アロエの力で？　ふつうでは考えられない。

「もしかしたら、卵巣の腫瘍も小さくなってるのかもしれない。検査して調べてみたいな」

ＣＴスキャンやＭＲＩの検査をしようと思えば、また病院へ行かなければならない。大の病院嫌いの安子さんを、病院に送るのはかなり危険だ。万一、結果が悪ければ、せっかく出た声をまた失ってしまうかもしれない。

「とりあえず腫瘍マーカーをもう一度、測ってみたらどうです」

「でもなぁ、この前、高かったばかりだしな」

三沢先生はわたしの提案には乗り気でなさそうだった。

がん性腹膜炎の症状は軽くなっていたが、安子さんはまだ末期がんの状態から脱していなかった。体重でも増えてくれれば期待も持てるが、今はまだ安心できない。それでも安子さんは、声が出るようになっただけでもうれしそうだった。目にも活き活きした輝きがある。希望を実感している人の顔はほんとうにすばらしい。

七月の半ば、安子さんのケアマネージャーがクリニックにやってきた。ちょっと困ったことが起きているという。

「実は飯田さんのご主人が、安子さんを風呂に入れたいと言いだしてるんです」

「まだ無理でしょう」

三沢先生が答えると、ケアマネージャーは複雑な表情になった。

「わたしもそう言ったんですが、ご主人は医者がだめだと言っても入れると言い張って」

幸吉氏ならありそうなことだ。

「まだ立ち上がれないのに、どうやって湯船に入れるんです」

「抱きかかえて入れるつもりのようです。そのために自分で足台を作ったり、安子さんが持てるように浴槽に手すりをつけたりしています」

これまでは身体を拭くだけだったが、風呂好きの安子さんをなんとか入浴させてやりたいと思ったのだろう。幸吉氏は思い込んだら、待てしばしがない。

「入浴は体力を消耗しますよ。今、風呂に入れて体調をくずしたら、せっかくうまくいっているのが水の泡になってしまう」

「わかっているんですが、ご主人は聞く耳を持たないんです」

「それなら訪問入浴はどうです。あれなら簡易浴槽に寝たまま入れるから、体力の消耗も少ないでしょう」

「勧めてみたんですが、ご主人はどうしても自宅の風呂に入れたいって」

「わがままだなぁ」

三沢先生は顔をしかめたが、ケアマネージャーも打つ手がないようだった。

「ぼくが許可するわけにはいきませんが、危険を承知で入浴するなら、それもひとつの方法じゃないですか」

三沢先生が言うと、ケアマネージャーはますます困惑の表情を深めた。

次の診察日、飯田家に行くとガレージに新しいワゴン車が入っていた。ランニングシャツ姿の幸吉氏が、玄関からにこやかに出てきた。

「リフトつきの車、買っちまったよ」

やはり待てずに購入したらしい。

和室に行くと、安子さんはどことなく疲れたようすだった。

「こんにちは。具合はどうですか」

三沢先生が聞くと、安子さんは弱々しい声で「はい」とだけ答えた。

幸吉氏が首からかけたタオルで顔を拭きながら言う。

「先生、昨日、安子を風呂に入れたよ。何ともなかった。案ずるより産むが易しってやつだな」

「えっ、もう入れたんですか」

三沢先生とわたしは顔を見合わせた。血圧を測ると八〇の四二。かなり下がっている。しかし、幸吉氏は自画自賛するように言った。

「いい気持だって喜んでたよ。よっぽど入りたかったんだろうよ」

「でも血圧が下がってますよ。調子を崩さなければいいけど」

抗議するように言う三沢先生を、幸吉氏は仏頂面で無視した。いやなことばかり言うヤツだという表情だった。

しかし、三沢先生の危惧《きぐ》は現実のものとなった。入浴した三日後、安子さんのお尻に床ずれができたのだ。

入浴が床ずれの原因かどうかはわからない。だから、三沢先生もそのことは責めなかった。しかし、幸吉氏は後ろめたさのせいか、かなり機嫌が悪かった。

安子さんの床ずれは、お尻にアゲハチョウが羽を広げてとまったような形で、中心部が黒かった。黒い部分は壊死《えし》しているので、切除しなければならない。三沢先生は使い捨てのメスでその部分を切り取った。神経も死んでいるから麻酔はいらない。皮膚の下のどろどろに溶けた壊死組織を生理食塩水で洗い流すと、一センチほどのくぼみができた。

「これは毎日、洗浄しないといけないな」

軟膏つきガーゼを当ててから、三沢先生は額の汗を拭った。

床ずれの洗浄は看護師が交代ですることになった。三沢先生の診察も週に二回に増やしたが、幸吉氏は病状の悪化を認めたくないようだった。

「安子は顔色もいいし、どっこも悪くねえように見えるがなあ」

そんな強がりを言っていた。

床ずれは毎日洗っても膿《うみ》が減らず、治癒に向かう気配がなかった。三沢先生がおかしいと思い、幸吉氏に訊ねた。

「処置のあと、ガーゼを尿や汗で濡らさないようにしていますか」

「そりゃ気をつけてるさ。看護師さんがやった通りに留めなおして」

「留めなおすって、まさか……」

幸吉氏は床ずれは乾かしたほうがいいと思い、わたしたちが処置したあと、ガーゼをはずしてうちわで扇いでいたらしい。三沢先生が不安げに確かめた。

「傷には触れないようにしてるでしょうね」

「アロエを塗ってるよ」

先生は絶望したように天を仰いだ。すると幸吉氏が先生に食ってかかった。

「なんだよ。アロエは火傷にも効くっていうじゃねえか」

「火傷と床ずれはちがいますよ。そんなものを塗るから感染するんですよ」

「ちゃんと消毒はしてるさ。濃いめの緑茶でな。緑茶の殺菌力を知らねえのか。オレはな、ちょっとでも早く安子の床ずれを治してやりたいんだよ。だから一生懸命やってるのに、それのどこが悪い」

もう支離滅裂だった。三沢先生は説明するのも疲れて、ガーゼにはぜったいに触らないようにとだけ告げて帰った。

しばらくして、ケアマネージャーから、幸吉氏がまた妙なことを言いだしたと連絡があった。がんはどんどんよくなってる、床ずれさえ治れば、車椅子に座らせてピクニックに行くと言っているそうだ。

「妄想だよ」

三沢先生はあきれるように言い捨てたが、わたしは不思議な気分だった。幸吉氏は何を根拠にがんがよくなったなどと言うのだろう。ただの願望だろうか。現状では幸吉氏の妄想としか思えない。それでも、安子さんが失語症から回復したように、幸吉氏の思いが通じて、なんとか車椅子で外出できるような奇跡は起きないものか。

やがて床ずれは小さくなってきたが、幸吉氏が過労状態になってきた。診察に行くと、苛立った表情で三沢先生に訴えた。

「床ずれは濡らしたらいけねえんだろ。だから、安子のおむつを替えるのに忙しくて、夜も眠れねえんだ。先生、おしっこの管を入れてくれないか」

「それはいいですけど、ご本人に聞いてみないと」

三沢先生が聞くと、安子さんは眉間に皺を寄せて首を振った。失語症が再発したわけではないが、床ずれができて以来、安子さんの言葉はめっきり減っていた。

その日はあきらめたようだったが、次の診察のとき、息子の幸太郎氏がまた玄関口で待っていた。例によって堅苦しいネクタイ姿だ。

「父から聞いたんですが、母に導尿の管を入れてくれないそうですね。なぜです」

「お母さまがいやがっているからですよ」

「しかし、母はもうはっきりした意思表示ができないのでしょう」

「できますよ」

三沢先生が声を強めた。安子さんは言葉は減っているが、イエス、ノーは示せる。幸太郎氏はややたじろいだが、すぐに落ち着きを取りもどし、縁なし眼鏡に手をやりながら言った。

「母が了解すれば管は入れてもらえるんですね。では、わたしが説得しましょう」

返事も聞かずに和室へ向かう。あとを追うと、幸吉氏は安子さんのベッドの横に立っていた。幸太郎氏は父親を押しのけるようにして言った。

「親父が夜におむつを替えるのがたいへんなんだって。だから、しばらくおしっこの管を入れてもらおう」

安子さんは首を縦にも横にも振らない。幸吉氏が弁解するように言う。

「いや、オレはお前の世話がいやでこんなことを言ってるんじゃないんだ。夜、寝られないと、身体がもたねぇんだよ。安子、頼むよ」

「親父が倒れたら、母さんだって困るだろう。病気を治そうと思ったら、我慢しなきゃならないこともあるんだから」

「つらいだろうけどさ。ちょっとの間だけだから」

息子と夫に交互に言われ、安子さんはまた失語症になったように口をつぐんだ。

幸太郎氏が三沢先生を振り返る。

「先生、管を入れるのは痛いんですか」

「いえ。多少は気持悪いとは思いますが」

「ほら、痛くないって先生も言ってる。な、思い切って入れてもらおう」

「ちょっと待ってください」

わたしは我慢しきれなくなって口をはさんだ。「これじゃまるで無理強いじゃないですか。安子さんがかわいそうです」

「あんたは黙っててもらおう。オレが毎晩、どれだけ苦労してるかわかってるのか」

幸吉氏が強く言った。しかし、わたしはひるまなかった。

「簡単におっしゃいますが、管を入れればいいというものじゃないんです。管が詰まる心配もあるし、感染や出血を起こす危険もあります」

「何事にもリスクはつきものでしょう。問題は親父が疲れてるということなんだ。それを回避するために、何か手を打たなきゃならんでしょう」

幸太郎氏が苛立たしげに舌打ちをした。彼の底意が見えた気がした。彼は父親を心配しているのではない。自分に母親の世話が降りかかってくるのを避けたいのだ。だから、父親の負担を減らすことを優先している。

「先生、母は管を入れることを拒否はしていないんです。はっきり意思表示しないんだから、家族の希望を聞いてもらわなければ困ります」

「もちろん、ご家族の希望も聞きます。でも、ご本人の希望も聞かなければならないんです」

「本人の希望ったって、安子は何も言わねぇんだよ。だんだん悪くなるばっかりでよ。あんたが来たってぜんぜんよくならねえ」

幸吉氏が自棄《やけ》を起こしたように首を振った。聞き捨てならない言葉に、三沢先生はこめかみを緊張させたが、気を取り直して安子さんに訊ねた。

「安子さん、おしっこの管を入れるのはいやじゃないの」

安子さんは戸惑ったように、まばたきを繰り返す。

「先生！」

幸太郎氏が三沢先生に詰め寄った。二人の視線がぶつかる。先生は悪びれることなく、幸太郎氏の次の言葉を待ち受けた。

「家族がこれだけ言ってもだめなんですか」

「管を入れるのはいつでもできます。お父さんの疲れが問題なら、ヘルパーを入れるとかの方法もあるでしょう。あるいは息子のあなたが手伝いに来るとか。とにかく、もう少しようすを見ましょう。無理に入れてもよくありませんから」

わたしは胸の内で三沢先生に喝采を送った。今、安子さんを守ってあげられるのは先生しかいない。幸太郎氏は唇をゆがめ、憎々しげに言った。

「じゃあ、今日はどうしても管を入れてもらえないんですね」

「だって、導尿用のバルーンカテーテルを持ってきてませんから」

これで決まりだった。幸太郎氏は屈辱に耐えるように大きなため息をついた。

クリニックにもどってから、わたしは事務室でこの顚末《てんまつ》をみんなに話した。

「ひどい息子なのよ。お父さんに世話を全部押しつけて、自分が手伝うのがいやさにカテーテルを入れろって言うんだから」

「三沢先生も強くなったわね」

古沢さんが揶揄《やゆ》すると、一ノ瀬先生は厄介事を危ぶむように肩をそびやかした。

「だけど、その家族はそうとう怒ってるんじゃないのか」

翌週の診察のとき、幸吉氏は妙によそよそしい態度で、口数も少なかった。導尿カテーテルのことも言い出さない。「夜は眠れていますか」と三沢先生が聞いても、「まあまあだ」とそっけなかった。

帰りはいつも玄関まで見送ってくれるのに、和室の出口までも来ない。一ノ瀬先生の言った通り、前の週のことでそうとうわだかまりがあるようだった。

その二日後の夕方、幸吉氏から電話がかかってきた。

「あ、中嶋さんか。ちょうどいいや。三沢先生の診察な、一昨日ので終わりにしてもらうから」

突然の申し出に、わたしは言葉を失った。三沢先生はまだ別の診療から帰っていなかった。

「こっちの言うことは聞いてくれねえし、安子はいっこうによくならないし、オレにはあれをするな、これはやめろとうるさく言うくせに、自分じゃ治療らしいことは何もしない。そりゃオレはまちがったことをしたかもしれねえが、素人なんだから仕方ねえだろ。それをえらそうに、患者を見下げたような言い方しやがって」

　三沢先生はそんな言い方はしていないはずだ。そう思ったが、今ここで反論しても火に油を注ぐだけだろう。

「安子がしゃべれるようになったときでも、先生は喜んでなかったろ。きょとんとした顔で、どうせよくなるはずがないと思ってたんだ」

「ちがいますよ。あのときは先生も驚いて、すぐ信じられなかっただけです」

「とにかく、もうあの先生には来てもらわなくていいから」

　通話を切りかけるのを、わたしは慌てて止めた。

「飯田さん、でも、このあと安子さんを診てくれるドクターはいるんですか」

「いるよ。息子がいい先生を見つけてきた」

「何という先生ですか」

「そっちにゃ関係ねえだろ」

「ありますよ。患者さんを引き継ぐなら、紹介状を書かなければなりませんから」

　幸吉氏は短く言葉を詰まらせたが、思い直したように「じゃあ、ちょっと待ってよ」と受話器を置いた。メモか何かをさがしている気配だ。

「言うぞ。クリニックと先生の名前だな」

幸吉氏の読み上げる連絡先を、わたしは書き留めた。

三沢先生が帰ってきてから、わたしは幸吉氏の電話を伝えた。先生は血相を変えて受話器を取ろうとした。

「待ってください。今、電話しても飯田さんのご主人も感情的になってますから。明日、一ノ瀬先生に相談してみたらどうですか」

その日、一ノ瀬先生がもう帰宅していることにかこつけて、わたしは時間稼ぎをした。三沢先生は机の前に座り込んで、額に手を押し当てた。

「そんな勝手なことがあるかよ。ぼくは安子さんを一生懸命診てたのに。家族の思い通りにならないからって、主治医を替えるだなんて」

先生の嘆きが深いので、わたしはちょっと同情した。しかし、幸吉氏が言った「患者を見下げたような言い方しやがって」という言葉も耳に響いていた。こちらにそのつもりはなくても、相手がそう感じた以上、反省すべき点はあるかもしれない。

翌朝のミーティングで、わたしは幸吉氏の件を一ノ瀬先生に伝えた。

「どうしようもない家族だな」

一ノ瀬先生はそう言って、苦笑いをした。三沢先生は暗い顔をしている。

「で、三沢先生は飯田さんの診療を続けたいのか。どうかな。ここは流れに任せたほうがいいんじゃないか」

「医療はサービス業だからですか。患者は顧客だから、その希望は最優先されるべきだと」

「常にというわけじゃないがね」

「でも、主治医を交代させられたら、この診療は失敗ですね」

肩を落とす三沢先生を見て、一ノ瀬先生がわずかに肩をすくめた。

「私が主治医でも、きっと交代させられてるさ」

三沢先生は顔を上げない。一ノ瀬先生は困った表情になり、ひとつ咳払いをして続けた。

「飯田さんのご主人は、君を恨んでるかもしれないけれど、医者はときに患者から恨まれることも必要なんだ」

「どうしてです」

「医者を恨むことで、つらさを乗り越える人もいるからね」

悲しみを紛らせるために、恨まれ役になれということか。わたしはそんなのはいやだ。全身全霊をかけてやるかぎり、やっぱり患者や家族には感謝されたい。

三沢先生も納得がいかないように押し黙っている。

一ノ瀬先生が混ぜ返すように言った。

「なんだか朝からお通夜みたいになったな。三沢先生の気持もわかるが、あんまり深刻になるなよ。病気が人を悪くしてるんだ。飯田さんだって、奥さんの病気がなければ案外ふつうの人かもしれない。罪を憎んで人を憎まずと同じさ。病気を憎んで人を憎まずだ」

「……わかりました」

三沢先生は悔しそうに口をつぐんだ。

一カ月後、三沢先生がぽつりと言った。

「安子さん、あれからどうなったかな」

あのあと、先生は丁寧な紹介状を書き、引き継ぎ先のドクターに郵送した。そのあともずっと気になっていたようだ。

「ちょっと聞いてみようか」

ケータイを取り出して、引き継ぎ先のクリニックに電話をかけた。

「あすなろクリニックの三沢です。先月、訪問診療をお願いした飯田安子さんの件でお訊ねしたいことがあるのですが」

話を聞いていた三沢先生が、突然、「えっ」と大きな声を出した。安子さんがついに亡くなったのか。紹介を受けてから半年余り。病院を自己退院したときは余命三カ月と言われていたそうだから、よくもったほうだ。

「はい、ええ……。そうですか。はい……。わかりました。ありがとうございます」

三沢先生は経過を聞いたあと、力なく電話を切った。

「安子さん、残念でしたね」

慰めの言葉をかけると、三沢先生は放心したように首を振った。

「いや、安子さんはまだ生きてる。亡くなったのは、飯田さんのほうだ」

「えーっ」

わたしも思わず大きな声を出した。幸吉氏が死んだなんて。つい先月まで元気だったのに。

「飯田さんは八月の十日に家で倒れて、病院に運ばれたけれど、意識がもどらないまま四日後に亡くなったそうだ。くも膜下出血らしい。あのお父さん、血圧が高そうだったから……」

「じゃあ、安子さんは」

「同じ病院に入院中らしい。自宅療養も可能なんだけど、息子は家で看る気がないようだから」

一瞬、あの縁なし眼鏡の冷たい顔が思い浮かんだ。が、それはすぐに喜怒哀楽の激しい老いた幸吉氏の顔に変わった。

なんという皮肉だろう。幸吉氏はもういない。銀歯の目立つ口から飛び出すしゃがれた声はもう聞けない。強引で思い込みが強くて、それでも安子さんを治すことに必死だった幸吉氏。次々と代替医療にはまって、最後にたどり着いたのがアロエだった。

幸吉氏は最後まで、アロエの力を信じることができただろうか。

いつか、あなたも

「在宅医療の患者さんって、ほんと病気がよくならない人ばっかりね」

昼休みにわたしが愚痴ると、後輩看護師のチーコが即座に同調した。

「そうですよね。家で亡くなるか、入院して亡くなるかのどっちかですもん」

横で聞いていたベテランの古沢さんが、諭すように言った。

「在宅医療はもともとそういうものなのよ。高齢の患者さんがほとんどだからね。老衰とか、認知症とか、がんの末期とかでしょう。そういう患者さんが家で穏やかに過ごせるようにお手伝いをするのが、在宅医療の目的だから」

「でも、たまには病院勤務の看護師みたいに、よくなった患者さんに、『よかったですね』と言ってみたいわ」

わたしが口を尖らせると、古沢さんは首を傾げながら小さく笑った。

帝邦《ていほう》大学付属病院の精神科から、一ノ瀬先生に患者の紹介があったのは、看護師同士でそんな話をしていた矢先だった。

北水麗子《きたみずれいこ》。二十六歳。診断名、統合失調症（疑）。

在宅医療のクリニックに、精神科からの患者紹介は珍しい。しかも、二十六歳というのはほぼ前代未聞の若さだ。

「（疑）って何だろう。精神科でもきちんと診断がつかないのかな」

一ノ瀬先生が紹介状を見ながら首を傾げ、さらに読み進めてから、「ええっ」とあり得ないものを見たように声をあげた。

「この患者さん、この若さで車椅子を使ってて、胃ろうがあって、導尿カテーテルが入ってるらしいぞ」

胃ろうとは、口から食べられなくなった人に、腹部から胃に直接、流動食を入れるためにつけるチューブのことだ。導尿カテーテルは、自然に排尿できない患者の膀胱に入れる管で、抜けないように先端に小さな風船がついているので「バルーン」とも呼ばれる。どちらも寝たきりに近い高齢者ならわかるが、二十代の若者にそんな処置をしているのは、わたしも聞いたことがない。

「中嶋さん、どうこれ」

一ノ瀬先生はあきれたように紹介状をまわしてきた。わたしは二枚目の看護サマリーに目を通した。不眠、妄想、治療拒否、看護への抵抗、興奮など、問題のオンパレードだ。

「ちょっとたいへんな人みたいですね。でも、どうしてうちのクリニックに紹介されてきたんでしょう」

「胃ろうとか、導尿カテーテルの管理があるからだろう。それだけですむならいいけど」

一ノ瀬先生は腕組みのまま椅子にもたれて、憂うつそうにつぶやいた。

翌日、一ノ瀬先生とわたしは、退院前カンファレンスのために、帝邦大学付属病院に向かった。退院前カンファレンスとは、入院治療から在宅医療にスムーズに切り替えるために、関係者が集まって行う情報交換会議だ。

その日は朝からどんより曇っていて、今にも降りだしそうな空模様だった。

「なんだか不吉な予感がするねぇ」

車の助手席から空を眺め、一ノ瀬先生が眉をひそめた。そう言いながら、内心ではけっこう楽しんでいるようでもある。めったにない若い患者だから、好奇心が湧いているのかもしれない。

帝邦大学の付属病院は、新興の私立大学らしく、ガラス張りのモダンな建物だった。受付で予約を告げ、九階の精神科病棟に上がる。主治医の高橋景子《たかはしけいこ》医師は、ストレートヘアの知的な女性で、まだ二十代後半のようだった。

「お待ちしていました。どうぞこちらへ」

高橋医師についてカンファレンス室に行くと、先に担当看護師と、ＰＳＷ（精神保健福祉士）の女性が待っていた。当の患者はいない。まずスタッフだけで打ち合わせをするようだった。

「あすなろクリニックの一ノ瀬です」

「看護師の中嶋です。よろしくお願いします」

向き合って座ると、高橋医師がカルテを開いて患者の病歴を説明しはじめた。

患者は小学校でいじめに遭い、父親との葛藤《かっとう》もあって、十二歳で最初の精神科入院。十四歳で拒食症になり、嘔吐と誤嚥《ごえん》を繰り返したため、中心静脈栄養を続け、十七歳のときにどうしても口から食べられないので、異例の処置だが、胃ろうの造設に踏み切ったとのことだった。今はふつうに食事ができるらしいが、胃ろうは食べられなくなったときのために、つけっぱなしにしているという。

導尿カテーテルは、失禁を繰り返すため、当初、おむつを使用していたが、本人の希望で十六歳から挿入している。管を抜いてふつうにトイレで排尿できる可能性もあるが、今のところは本人が抜くのを拒否しているとのことだった。

車椅子の使用は二十歳からで、はじめはヒステリー性の歩行困難だったが、筋力低下と足関節の内翻《ないほん》で、今は歩けないとのことだ。ヒステリーの場合は人が見ていると歩けないが、だれもいないところではふつうに歩いたりする。いわば演技的な歩行困難だが、それが長引くと実際に歩けなくなることがあるらしい。

「父親との葛藤というのは？」

一ノ瀬先生が聞くと、高橋医師はすっと眉根を寄せた。

「父親はかなりワンマンな方で、麗子ちゃんにも強権的に接していたようです。彼女のヒステリー発作にも、父親の影響が強かったみたいで」

「退院後はお父さんと同居ですか」

「いえ。父親は五年前に亡くなっています。自殺です」

高橋医師の言葉に、部屋の温度が二、三度下がったような寒々しさが通り抜けた。その雰囲気を変えようと、一ノ瀬先生が軽く咳払いをする。

「じゃあ、同居されるご家族は」

「お母さんだけです。お兄さんもいますが、別に生活されてますから」

「診断名は統合失調症の疑いとなってますが、確定診断はついていないのですか」

「はい。実は主治医はわたしで四人目で、統合失調症の診断は最初の先生がつけたんです。

でも、経過を見ているとどうもちがうようで、わたしの前の先生から疑い病名になっています。わたしも統合失調症というよりは、人格障害じゃないかと」

「境界性人格障害とかですか」

「いえ……、そうとも言い切れなくて」

高橋医師の歯切れが悪くなった。申し訳なさそうに続ける。

「麗子ちゃんの症状はひどく複雑で、変化が激しいので、ひとつの病名に当てはめにくいんです。ヒステリー性の発作は演技性人格障害のようですし、引きこもりは回避性人格障害のようだし、子どものように甘えてくるのは依存性人格障害のようにも見えます。自己愛性人格障害や、妄想性人格障害的なところもあるし、こだわりや独自のルールに執着があるのは、高機能自閉症のようでもあります」

「それって、つまり、極端に性格が悪いということじゃないんですか」

一ノ瀬先生が冗談めかして言うと、高橋医師も思わず苦笑した。

「まあ、そうとも言えるかもしれません。でも、本人が苦しんでいるのはまちがいありませんし、妄想や幻聴など、統合失調症の症状があるのも事実です。むずかしい患者さんをお願いして、ほんとうに申し訳ないのですが、どうぞよろしくお願いいたします」

高橋医師が一礼すると、事情を知っているらしい看護師とＰＳＷも頭を下げた。

「主治医が先生で四人目というのは？」

「麗子ちゃんが受け付けなくなるのです。わたしは年齢が近いので、お互いをちゃんづけで呼んで、友だちみたいなスタンスでこの一年、なんとか関係を維持してきました。一ノ瀬先生にも、もしかしたら失礼な態度をとるかもしれませんが、どうぞ大目に見てやってください」

「承知しました」

一ノ瀬先生がうなずくと、高橋医師は看護師に患者を連れてくるよう指示した。

どんな患者が来るのかと緊張しながら、わたしは今の会話を思い返した。いくら性格が極端でも、それだけで車椅子や胃ろうになったりするだろうか。ましてや若い女性が、病気でもないのに、導尿カテーテルを受け入れるはずがない。やはり、深刻な状況なのだろう。二十六歳なら、わたしより六歳若いけれど、一ノ瀬先生とは二十歳ほど離れている。もし、先生がうまくコミュニケーションをとれないなら、わたしが仲介役にならなければならない。

そう気を引き締め、できるだけ笑顔で迎える心づもりをした。

車椅子を押されて入ってきたのは、色白で髪の長いかなり太った女性だった。白いレースのついたネグリジェに、手編みらしい肩掛けをはおり、分厚い膝掛けをしている。頑《かたく》なそうに顔を伏せているが、切れ長の目のけっこうかわいい顔立ちだ。

高橋医師が一ノ瀬先生を紹介しようとすると、それを遮るように彼女が先に言った。

「景子ちゃん、今日ね、お昼にぜんぜん味のしないうどんが出たよ」

高橋医師は逆らわずに対応する。

「それはひどいわね。じゃあ、食べなかったの」

「うん。麗子、ダイエットしてるから、ちょうどよかったの」

彼女は顔を伏せたまま棒読みのように言う。一ノ瀬先生とわたしをあたかも存在しないかのように無視している。高橋医師は彼女に付き合い、話の腰を折ろうとしない。彼女が次の話題に移らないのを確かめてから、ゆっくりと話した。

「麗子ちゃん。この前話したけど、もうすぐ退院するでしょ。家に帰ったら往診してくださる先生をお願いしているの。こちらの先生、あすなろクリニックの一ノ瀬先生よ」

「一ノ瀬です。よろしく」

一ノ瀬先生が会釈すると、麗子はちらと目線を動かし、すぐまた元にもどした。

「それから、そっちは看護師の中嶋さん」

「こんにちは」

精いっぱいの笑顔で言ったが、麗子は一瞥《いちべつ》もくれなかった。

「景子ちゃん、ママは今日、病院に来るかな」

「どうかしら。退院するときはきっと迎えにいらっしゃると思うけど」

「麗子、家に帰るの楽しみだな。麗子のお部屋、すごいんだよ」

「一ノ瀬先生もびっくりするくらい？」

「もちろん」

そう言いながら、またちらと一ノ瀬先生を見る。どうやら先生のことは気になるようだ。

わたしは麗子に気取られないようにようすを観察した。彼女は童顔だが、顔は大きく、肩幅も女性にしては広い。病院内は温度調整されているので、肩掛けや膝掛けはいらないはずだが、太っている体型をカムフラージュするのに使っているのだろう。

「北水さんは……」

一ノ瀬先生が話しかけようとすると、麗子は間髪を容れず命令口調で言った。

「麗子と呼んで」

「じゃあ、麗子さんは……」

「麗子！」

さんづけされるのさえ気にくわないらしい。一ノ瀬先生はわたしに困った顔を見せてから、改めて訊ねた。

「じゃあ、麗子は退院するのに不安はない？」

「ありません」

うつむいたまま殊勝に答える。

「退院したら、月に二回、私がお家に診察に行きますから」

「はい。よろしくお願いします」

さっきの鋭い口調と打って変わってしおらしい返事だ。

「わたしも先生といっしょにうかがいますからね」

流れで声をかけたが、麗子はまったく反応を示さない。無視しているというのではなく、強烈な拒絶のオーラを放っていた。


退院前カンファレンスの四日後、麗子は自宅にもどった。訪問診療の初診は、その三日後の金曜日ということになった。

住宅地図で見ると、麗子の家は世田谷区経堂《きょうどう》にある小ぶりな一戸建てだった。クリニックから向かう途中、一ノ瀬先生はずっと助手席で腕組みをしていた。精神的に不安定な患者ということで、緊張しているのだろうか。いや、先生にかぎってそんなはずはない。重症のうつ病患者でも末期がんの患者でも、上手に診療する先生の腕前は、地域のケアマネージャーや訪問看護ステーションでも定評がある。だからこそ、麗子のようなむずかしい患者が紹介されてくるのだ。

緊張しているのは、むしろわたしのほうだった。退院前カンファレンスのときに感じた強い拒絶のオーラ。あれは何だったのか。

麗子はわたしをちらりとも見なかった。だから、少なくとも外見で嫌われたわけではないだろう。とすれば、わたしの声のかけ方が悪かったのか。あのとき、わたしは精いっぱいの親しみを込めたつもりだったが、繊細な患者は、ときにあからさまな親しみに逆に警戒心を抱く。であれば、今度は適当な距離をとり、近づきすぎないようにしなければならない。そう自分に言い聞かせながら、わたしは慎重にハンドルを切った。

麗子の家は、バス通りから住宅街の路地を入った行き止まりにあった。古い板塀に囲まれ、門から玄関まで三歩ほどの家だった。インターフォンを押すと、「どうぞ、お入りください」と、陰気な声が聞こえた。麗子の母親の美砂子《みさこ》さんだろう。

ガラス格子の引き戸を開けると、狭い玄関に毛布やデイパック、傘やレインコートなど麗子が使うらしい雑多なものが置かれていた。車椅子の出入りに使うスライド式の大きなスロープが壁に立てかけられている。この家が麗子を中心にまわっていることが、いやでもわかる威圧感があった。

出迎えに現れた美砂子さんは、半白髪でやせていて、化粧っ気はなく、悲しげな表情をしていた。年齢は五十歳と聞いていたが、麗子の祖母かと思われるほどの老けようだ。若いときは美人だっただろうが、今は生活に疲れ、見る影もない感じだ。

「診察に参りました」

一ノ瀬先生が挨拶すると、美砂子さんは落ち着かないようすで頭を下げ、わたしたちを請《しょう》じ入れた。廊下にも麗子のものらしい洋服掛けや加湿器、段ボール箱や化粧台、壊れたリハビリ用具などが置かれている。どことなく荒んだ感じだ。横手の居間を見ると、テーブルの上に扇風機が置かれ、全開の窓に向かって風を送っていた。

「あの、これは」

一ノ瀬先生が聞くと、美砂子さんはおどおどしたようすで、「先生がいらっしゃるので、空気を入れ換えようと思いまして」と答えた。

「扇風機なんか使わなくても、窓を開けるだけで空気の入れ換えはできますよ」

「そうなんですか。はあ、なるほどねぇ」

感心しながら、薄気味悪い笑みを洩らす。もしかして、美砂子さんも少し精神的におかしいのだろうか。わたしはふと、麗子の父親が自殺したことを思い出した。

「麗子さんの部屋はこちらですか」

一ノ瀬先生が突き当たりのドアを指すと、美砂子さんは急に落ち着きをなくし、小声でまくしたてた。

「あの、診察の前にお願いがあるんです。娘の部屋に入る前には、必ずノックをしてください。黙って入るとものすごく怒りますから」

「わかりました」

「ノックをしても、娘が返事をするまでは決してドアを開けないでください。入るときはゆっくり、静かにお願いします。入ったらドアはきっちり閉めてください。それから、はじめは娘の目を見ないようにしてください。看護師さんにもお願いします。目を合わせると、娘は怒って手当たり次第にものを投げつけてきますから」

「そんなことがあったんですか」

「ええ。何度も」

美砂子さんはうなだれ、苦しげなため息をついた。一ノ瀬先生が念のために聞く。

「今日の診察は、麗子さんは了解されているのでしょうか」

「はい。診察は受けると申しております。わたしは同席しないほうがいいので、よろしくお願いします」

美砂子さんはお辞儀をすると、そそくさと廊下をもどっていった。

一ノ瀬先生とわたしは顔を見合わせ、薄暗い廊下の先にあるドアに近づいた。目の高さにパステル調の看板が掛かっている。

『必ずノック!!』

かわいい文字ときつい指示内容が、妙にアンバランスだ。ほかにも『KNOCK or KILL』『無断進入禁止』『黙って開けるな　殺す』などと、マジックで殴り書きがしてあったりテプラのラベルが貼ってあったりする。

一ノ瀬先生がおもむろにノックしたが、返事がない。

「あすなろクリニックの一ノ瀬です。診察に来ました」

もう一度ドアを叩く。沈黙。わたしが声をかけようとすると、一ノ瀬先生が片手で制した。もう一度、黙ってノックをする。十秒ほどしてから、「どうぞ」と返事があった。

「目を合わせないようにね」

小声で確認してから、ドアを開ける。目線を下げて、ゆっくり敷居をまたぐ。

一歩入ると、顔を上げるまでもなく、異様な雰囲気が目に入った。部屋は八畳ほどだが、床全面に少女っぽいものが並べられている。目に入るだけでも、等身大の人形（たぶんミッフィーとスヌーピー）、象やキリン、クマの縫いぐるみ、ビーズや模造ジュエリーのアクセサリー、装飾過多のバッグやポーチなどが置かれている。造花や生花も飾られているようだ。部屋は薄暗く、間接照明しかない夜の部屋のようだった。おそらく雨戸を閉め切っているのだろう。

麗子は奥のベッドに横たわっているようだった。一ノ瀬先生が近づくと、麗子のほうから声をかけてきた。

「一ノ瀬先生ですね。今日はありがとうございます。どうぞ、椅子にお掛けになって」

ベッドの横に白塗りの椅子が二つ並べてある。先生がゆっくり座りながら聞く。

「今日は気分はどう？」

「ええ。とってもいいです」

わたしは用心して、ずっと目を伏せたままでいた。すると麗子が話しかけてきた。

「この前、大学病院で会った看護師さんね」

「はい」

それだけ言って、目を見ないように顔を上げる。麗子はベッドに半身を起こし、長い髪を肩から胸元に垂らしていた。機嫌はよさそうだ。

「看護師さんもどうぞお座りになって」

「ありがとう」

今日は受け入れてもらえたのかと思った瞬間、麗子の雰囲気がすっと変わり、わたしをにらんでいるように感じた。そしてこれ以上ない陰鬱な声でつぶやく。

「……開いてる」

「えっ」

何のことかわからず、わたしは目をしばたたいた。

「少し、開いてる」

麗子の目はわたしではなく、後ろのドアを凝視していたようだ。振り返ると、ほんの一センチほどだがドアが開いていた。静かに入ることに気を取られ、きちんと閉めるのを忘れたのだ。

「あ、ドアね。ごめんなさい。すぐに閉めるわ」

慌てて立ち上がると、「ゆっくり！」と厳しい指示が飛んだ。思わず身体がすくむ。すっかり麗子のペースだ。

一ノ瀬先生はわたしがドアを閉めてもどるのを待って、慎重に診察をはじめた。食欲や睡眠の状態を問診して、「何かつらい症状はあるかな」と優しく聞く。麗子が首を振ると、「じゃあ、脈と血液の酸素飽和度を測るね」と、パルスオキシメーターという小さな器械を麗子の指先につけた。患者に負担の少ない診察からはじめる作戦だ。

「大丈夫。脈拍六六回、酸素飽和度は九九パーセントあるね。次は血圧を測ってもいいかな」

血圧はふつうは看護師が測定するが、麗子の場合は先生が測るとあらかじめ打ち合わせてあった。退院前カンファレンスでの麗子のわたしへの反応に、一ノ瀬先生も気づいていたか
らだ。

「血圧も正常だね。一二二の七八。健康そのものだ」

　一ノ瀬先生は軽い冗談口調で麗子の気分をほぐそうとする。麗子もまんざらでもないよう
すだ。

「じゃあ、診察させてもらうね。まずは目から」

　一ノ瀬先生が麗子の下まぶたを下げて、目を診る。次に舌を診ようとしたとき、麗子が
「ちょっと待って」と顔を背けた。

「この部屋、いやなにおいがしません？」

「いや、別に」

「そんなことないでしょ。変なにおいがしてるわ」

　そう言って、サイドテーブルから消臭スプレーを取り、あたりに噴霧した。まるでにおい
の元がそこここに飛んでいるかのように、狙いをつけて吹きかける。改めて見まわすと、麗
子の部屋は人形や花、アクセサリーなどかわいいもので満ちあふれていた。分厚い遮光カー
テンには、ディズニーの「ふしぎの国のアリス」のキャラクターが乱舞している。足元のゴ

ミ箱には、ポテトチップスやチョコレート菓子の包装紙が突っ込んであった。

「これでいいわ。あたし、この香りが好きなの。ラベンダーよ」

「ああ、いい香りだね」

「看護師さんは？」

「優しい香りよね」

「そう？　ラベンダーはきつい香りだけど。それに、花言葉は〝疑惑〟だし」

麗子が険のある表情で、わたしを見据えるのがわかる。

一ノ瀬先生は改めて麗子の舌を診た。続いて、胸の聴診をするが、麗子は大学病院にいたときとは別の分厚い肩掛けをはおり、ネグリジェのボタンも最小限しか開けない。先生はその隙間から聴診器を入れて、何カ所か音を聞く。

「じゃあ、次はお腹を診察するから、横になってくれるかな」

麗子は先生を上目遣いに見つめながら、ゆっくり身体をずらすように横たわった。腰のあたりまで掛け布団を下げ、ネグリジェのボタンを一つだけはずす。

「もう少しボタンをはずしてもらえる？」

麗子は無言で一ノ瀬先生を見つめながら、あと二つボタンをはずした。ふくよかな腹部が露わになる。高齢の患者ばかり見慣れている目には、はち切れんばかりの若さだ。しかし、左の上腹部にはキャップをはめた胃ろうのチューブが挿入されている。一ノ瀬先生はざっと視診したあと、ゆっくりと触診をした。

「押さえて痛いところはない？」

「ありません」

特に問題なさそうなので、打診も二、三カ所で終える。

「じゃあ、脚のむくみがないかどうか診るね」

一ノ瀬先生はベッドの足元に移動し、布団をめくって麗子のすねを押さえた。むくみはないが、内側にねじ曲がった足が痛々しい。ベッドの下には、導尿カテーテルからつながれた尿バッグがつり下げられている。

ふと気づくと、麗子が不気味に細めた目で一ノ瀬先生を見つめていた。口元に微妙な笑みが浮かんでいる。わたしは不穏なものを感じたが、すぐ目を逸らした。

「はい。診察は以上です」

一ノ瀬先生が椅子にもどり、カルテに所見を書きはじめた。すると麗子は上半身を起こして、枕元からスイッチを引っ張り出してボタンを押した。廊下の向こうでチャイムが鳴り、美砂子さんが入ってきた。麗子がチャイムで呼んだときは、ノックをしなくてもいいらしい。

「ママ。花瓶がちょっとにおうの。お水を換えて」

タンスの上に置いた花瓶を麗子が顎で指す。あまり新鮮でないユリやガーベラを活けたガラスの花瓶だ。美砂子さんはそれを抱えて、部屋を出ていった。廊下に出て、後ろ手にドアを閉めたとき、バタンと音がした。すると、麗子が突然、両手で耳を覆い、顔をしかめて叫んだ。

「痛い、耳が痛い。鼓膜が破れそう」

「どうしました」

一ノ瀬先生が聞くと、麗子は激しく首を振って呻いた。

「急にドアを閉められると、気圧が変化して耳が痛くなるんです。ゆっくり閉めてって頼んでるのに、ママったらいつも忘れるから、あたしは耳が痛くて仕方ないの。先生、何とかしてちょうだい。痛くてたまらない。我慢できない。先生、あたしの耳を押さえて。耳の奥が痛いの。とっても痛いの」

先生は困惑しながら、「こう？」と麗子の耳に手をあてがった。

「もっと強く。もっとぴったり耳を覆って」

「その前に、診察したほうがいい」

一ノ瀬先生は手を離し、ペンライトを取り出して麗子の耳を診た。

「別に変化はないよ。鼓膜も大丈夫だし」

「でも、痛いの。痛いのよ」

「ここでは強い痛み止めはできないよ。飲み薬はすぐ効かないし、注射をするかい」

「ええ。先生、注射をしてください。あたし、一秒も我慢できないの」

一ノ瀬先生は本気で注射を勧めたのではないようだった。子どもっぽい麗子なら、注射をいやがっておとなしくなると思ったのだろう。先生は少し考えて、深刻そうに首を振った。

「いや、それほど痛みが強いなら、注射も効かないだろう。病院へ行って、きちんと検査をしてもらったほうがいいな。どうする」

「ええっ、病院？」

麗子は大げさに驚き、両手で顔を覆った。一ノ瀬先生が黙っていると、麗子はすすり上げるように、「病院へ行くのはいや。我慢します」と言った。指の隙間から、ちらと一ノ瀬先生をうかがったのをわたしは見逃さなかった。

美砂子さんが花瓶の水を換えてきたので、一ノ瀬先生は、「ドアはもう少しゆっくり閉めたほうがいいですよ」と注意した。美砂子さんは「すみません」とか細い声で言い、静かに出ていった。

カルテを書き終えると、一ノ瀬先生は大学病院から引き継いだ薬を確認して、椅子から立ち上がった。

「じゃあ、今日はこれで終わります。変わりなければ、次は二週間後に来ます。何かあれば、いつでも連絡してください」

わたしは訪問診療の予定表と、クリニックの連絡先を書いた紙を麗子に渡した。一ノ瀬先生に続いて部屋を出ようとしたとき、わたしの後ろで麗子がつぶやく声が聞こえた。

——いつか、あなたも……

「えっ」

振り返ると、麗子は顔を伏せて一心につぶやきを繰り返していた。まるで何かの呪文を唱えるかのように。


次の診察は二週間後の金曜日だった。穏やかな晴天で、こういう日は外に出るのが楽しいが、麗子の診察を思うと気が重い。しかし、一ノ瀬先生は別なことを考えているようだった。

「北水さんの胃ろうと導尿カテーテルは必要だろうか」

先生は車の助手席で、独り言のようにつぶやいた。

「彼女は自分で必要だと思い込んでいるけど、病状的にははずしてもいい状態だ。管が取れれば、少しは精神的にも健全になるんじゃないだろうか」

たしかに、彼女の摂食障害や排尿障害は、精神的な原因によるものだろう。胃腸や膀胱の病気で起こったものではない。しかし、その原因がはっきりしないから、精神科でも治療することができなかったんじゃないか。

わたしが黙っていると、一ノ瀬先生はいつものものんきな口調にもどって、「ま、やってみないとわからないけど」と照れ隠しのように笑った。

麗子の家に着くと、母親の美砂子さんがまたおどおどしたようすで出迎えた。前と同じように、ドアの前で儀式的なノックをして、「どうぞ」の応答を待ってから中に入る。

この日も麗子はベッドで半身を起こしていた。

「気分はどう」

一ノ瀬先生が聞くと、麗子は「変わりありません」と穏やかに答えた。

「今日はいい天気だよ。窓を開けてみない？」

「いえ。いいです。あたし、直射日光に弱いから」

「そうなのか。じゃあ、診察をはじめるね」

一ノ瀬先生は麗子に逆らわず、脈と酸素飽和度から測りはじめた。血圧も測るが、正常範囲だ。

「今日も異常なしだね。体調も悪くないと。うーん、どうしようかね」

一ノ瀬先生はカルテに記載しながら、何気ない調子で言う。

「まだ退院してから日が浅いけど、これからのことも少し考えておいたほうがいいかもしれないね。病気がよくなってきたらどうするのか。今のままがいいなら、もちろんそれでもいいんだけど」

「あたしの病気、治るの？」

麗子が心細そうに問い返す。

「可能性はあるよ。すぐには無理でも、少しずつならね」

「うれしい！　元気になれるんなら、あたし何でもするわ」

明るい顔で声を弾ませる。

「元気になったら、したいことはある？」

「そうね。散歩に行ったり、ショッピングしたり、おしゃれなカフェとかにも行きたいわ」

「映画は？」

「観たい。ＤＶＤじゃ迫力ないもの」

「コンサートとかミュージカルはどう」

「行きたい、行きたい」

「ディズニーランドとかは？」

「行ったことないの。ディズニーランドとディズニーシーに行くのが、あたしの夢なの」

麗子が珍しくはしゃいだ声を出した。一ノ瀬先生も笑顔でうなずく。

「そういう気持があれば大丈夫だね。北水さんはまだ若いから……」

言いかけると、麗子はふいに暗い顔にもどって、命令口調で言った。

「麗子と呼んで」

「あ、ごめん。そうだったね、麗子」

一ノ瀬先生が言い直すと、また機嫌のいい表情にもどる。

「麗子はまだ若いんだから、いくらでもチャンスはあるよ。焦りは禁物だけど、希望を失わなければきっとよくなる」

「ほんとう？ ほんとにディズニーランドに行けるかな」

「行けると思うよ」

「こんな足なのに？」

「大丈夫。麗子は足の病気じゃないからね。時間はかかるかもしれないけど、リハビリをすれば、きっと歩けるようになる。膀胱や胃腸も悪くないから、今つけているカテーテルやチューブも取れると思うよ」

「ほんとう？ 夢みたい」

「でも、夢を現実にするのはたいへんだぞ。自分で頑張らなきゃいけないからな。じゃあ、診察するね」

　一ノ瀬先生は雰囲気を変えないように注意しながら、身体の診察に移った。まず麗子の目と舌を診る。今日は麗子も途中で遮ったりしない。胸の聴診をするとき、麗子は自分からネグリジェのボタンを三つはずした。心を開こうとしている徴候か。一ノ瀬先生はふだん通りの穏やかさで、そっと聴診器を差し入れる。

「はい、深呼吸して。そう。はい、もう一度……。胸の音も異常ないね。次は、お腹を診るね」

「待って。お腹は先生に診てほしくないの」

　麗子は胸のボタンを留めながら甘えるような上目遣いをした。

「どうして」

「だって、先生は乱暴にするから。看護師さんにやってほしいの」

「乱暴になんかしないよ。そっとするよ」

「いやよ。ぜったいにいや。看護師さんのほうが優しそうだもの」

　麗子はだだをこねるように言い、布団を胸元まで引き上げた。一ノ瀬先生がこちらを見たので、わたしは慎重に言った。

「わたしは看護師だから、正確には診察できないわ。やっぱり先生に診てもらわないと」

「いやいや。看護師さんじゃなきゃいや」

麗子は激しく首を振り、布団の端をきつく握る。これ以上言うと、叫びだしそうだったので、一ノ瀬先生が折れた。

「わかった。じゃあ、今日は看護師さんに診てもらおう。中嶋さんは訪問看護もやってるから、きっとうまく診てくれるよ」

先生に促され、わたしは麗子の前に座った。布団を下げ、ネグリジェの前を開く。指先で押さえると、若い弾力と体温が伝わってくる。色白のもち肌に生毛が密生している。

「痛いところはない？」

「ないわ」

胃ろうチューブの挿入部を確認しようとすると、麗子は反対側の右の下腹部を突き出すようにした。

「傷があるでしょ」

「ええ。虫垂炎の手術の痕ね」

わたしは麗子の既往歴を思い出して答えた。紹介状に、「十二歳、急性虫垂炎」とあった。

ところが、麗子はわたしを見つめながら、低い声で言った。

「ちがうの。それは子宮外妊娠の手術の痕《あと》なの」

わたしが怪訝《けげん》な顔をすると、麗子は早口に続けた。

「大学病院で聞かれたときは、盲腸の手術ということにしておいたの。恥ずかしいから。でも、ほんとうは子宮外妊娠だったの」

ほんとうだろうか。傷の位置や大きさからすれば、虫垂炎の手術痕のように見えるが、産婦人科に勤務したことがないので、子宮外妊娠の手術痕がどんなものかわからない。黙っていると、麗子が半分涙声になって肩を震わせた。

「あたし、その手術で死にかけたの。ものすごく出血して……、むずかしい手術だったらしいわ。でも、助けてくれたお医者さんには悪いけど、あたし、死んでたほうがよかったのよ。だって……、あれからつらいことばかりだったもの」

わたしが振り返ると、一ノ瀬先生が穏やかに聞いた。

「手術は十二歳のときだったと聞いてるけど、それでいいの」

「そうよ。生理がはじまって、三回目の生理のあとで妊娠したの」

「で、相手は？」

「そんなこと、言えるわけないじゃない」

麗子はいきなり上半身を反転させ、枕に顔を埋めた。激しくしゃくり上げ、くぐもった泣き声を洩らす。一ノ瀬先生は困惑した顔でようすを見ている。

「わかった。よけいなことを聞いて悪かったね。もう聞かないから顔を上げて」

優しく言うが、麗子は泣き止まない。一ノ瀬先生はカルテに何か書き込んでいる。そのまま五分ほどが経過した。じっと待っていると、やがて麗子がゆっくりと身体をもとにもどした。フリル付きのカバーをかけた箱からティッシュを取り出し、音を立てて鼻をかむ。

「ごめんなさい。あたし、取り乱しちゃって」

「大丈夫だよ。私のほうこそ悪かったね」

「いいんです。あたし、先生にならほんとうのことが言える気がするの。聞いてもらえますか」

一ノ瀬先生は黙ってうなずいた。麗子は問わず語りに話しだす。

「さっき、先生は胃ろうやおしっこの管を抜けると言ったけど、無理なんです。あたし、この管で救われたから。これのおかげで、いやなことを我慢しなくてよくなったから」

「いやなことって」

「あたし、小さいころから恐ろしい目に遭ってたんです。ママに言いたかったけど、とても打ち明けられなくて。はじめは何だかわからなかった。ただの遊びかと思ってた。でも、だんだん変なことになって、やめてと言うと怖い顔でにらまれて、おまえはうちの子じゃない、言うことを聞かないなら、家にいちゃいけないって言われて……、ふだんはとても優しかったし、ママを愛していることも知ってたから、どうしてそんなことをするのかわからなかった。でも、ママが留守になると、決まってアレがはじまるんです。あの、いやらしい行為が……」

麗子は父親から性的虐待を受けたと言っているようだった。しかし、相手が父親だとは言わない。言わなくてもわかるように話している。

「でも、あの人も苦しんでいたんだと思う。いつも顔をゆがめていたから。おまえがかわいすぎるのがいけないんだ、おまえが生まれたことが罪だとも言ってた。だから、悪いのはあたしなんです。あたしは生きていちゃいけないと思うようになって、ご飯も食べられなくなって、おしっこも洩らすようになったから、管を入れてもらったの。そしたら、いやなことをされなくなったの。この管はあたしのお守りなのよ。だから、抜くことはできないの」

導尿カテーテルを入れたおかげで、父親が性的虐待をしなくなったというのか。わたしは疑わしいと思ったが、一ノ瀬先生は真剣に聞いていた。そして、穏やかに訊ねる。

「でも、今はそのいやらしいことをした人は、いないんじゃないの」

「いいえ。いつもどってくるかわからないわ」

「もしかして、お兄さんのこと？」

「わからない。でも同じことをするかもしれない。そうなったら、また恐ろしいことになるわ……。あの人は自殺したってことになってるけど、ほんとうはママが殺したのよ」

えっ、とわたしは思わず声をあげそうになった。麗子が暗い声で続ける。

「ママはほんとうは怖い人なの。あのことを知ったとき、ママは逆上して、鉄アレイで頭を思い切り殴ったの。ものすごい音がしたわ。頭蓋骨が割れて、脳みそが飛び散ったの。顔もめちゃくちゃになって、舌が伸びて首まで垂れ下がったわ。ママは今も鉄アレイを隠しているの。だから、あたしは怖いの。自分では逃げられないから」

麗子はさも怯《おび》えたように、布団を顎の下まで引き上げた。流暢な口振りは明らかに作話《さくわ》だった。誤った記憶による作り話で、本人はそう思い込んでいるから意図的な嘘ではないが、もちろん事実でもない。統合失調症や認知症の一部に見られる症状だ。

一ノ瀬先生も気づいているようすで、否定せずに耳を傾けている。

「わかった。胃ろうと導尿カテーテルは、麗子にとってはいやなことから身を守るプロテクターみたいなものなんだね。じゃあ、抜くのはむずかしいかもしれないな」

「そうなんです」

麗子はうれしそうな笑顔でうなずいた。

北水家から帰る車の中で、一ノ瀬先生はむずかしい顔でつぶやいた。

「彼女が自分から胃ろうや導尿カテーテルをはずそうという気になれば、回復の見込みはあるんだがな」

「…………」

わたしはろくに相づちも打てない気分だった。帰り際、麗子がまたこの前と同じ呪文を唱えたからだ。

――いつか、あなたも……

振り向いて見ると、麗子は左手の人差し指と中指をX字に交叉させ、わたしのほうに突き出していた。


その後、スケジュールの都合で、麗子の診察には古沢さんかチーコが同行する週が続いた。診察から帰ってきた二人に麗子の印象を聞くと、やっぱり彼女は変わっているとのことだった。

「この前は、お母さんをテメエ呼ばわりして怒鳴ってたわよ。テメエのせいでオレはこんなふうになったんだ。償いをしろって」

「自分のことをオレって言ったの？」

わたしが聞くと、古沢さんは「興奮してたからね」と笑った。

「ノックの儀式とか、はじめは目を合わせるなとか、いろいろうるさいでしょう」

「そうですね。わたしが行ったときは、ベッドに縫いぐるみをいっぱい並べて、まるで人形に埋もれているみたいでしたよ。診察のときに一ノ瀬先生がどかそうとしたら、触らないで！　って叫んで、先生をにらみつけてました」

　チーコもあきれたように言う。

「で、一ノ瀬先生はどうしたの」

「ごめんごめんって謝って、その日は診察をパスしてました」

「どうも先生は彼女に甘いのよね。診察に行ってるんだから、もっとビシッと言ってもいいと思うけど」

「一ノ瀬先生は、まず患者との信頼関係を作ろうとしてるのかもよ。北水さんは身体が悪いわけじゃないから、上手に誘導すれば、ふつうの生活に近づけるかもしれないと考えてらっしゃるみたい」

　ベテラン看護師の古沢さんに言われると、反論できない。でも、わたしは焦れったい気がしてならなかった。

　ふと、麗子が帰りがけにつぶやく言葉を思い出して二人に聞いた。

「そうそう。診察が終わって帰るとき、彼女、何か呪文みたいなことをつぶやかない？」

「呪文って」

「いつか、あなたも、とか何とか」

古沢さんとチーコが、顔を見合わせて首を振る。あれはわたしのときだけなのだろうか。どういう意味かはわからないけど、何となく気味が悪かった。


次にわたしが麗子の診察に行ったのは、初診から三カ月ほどしてからだった。前と同様、ノックをして、返事を待って、顔を伏せて部屋に入る。面倒くさいが仕方がない。一ノ瀬先生はあくまで受容的にという方針だった。

この日も麗子はベッドに上半身を起こして座っていた。手前に椅子が二つ置かれている。一ノ瀬先生はその一つに腰を下ろし、わたしにも座るよう促した。

「あら、今日は最初のときの看護師さんね」

麗子が親しみのある声で言う。まさかわたしを気に入っているのか。それならうれしいが、迂闊には真に受けられない。

麗子は一ノ瀬先生の診察にだいぶ慣れたようすで、血圧や脈拍も看護師が測って大丈夫とのことだった。わたしは立ち上がって、まずパルスオキシメーターを麗子の指にはめた。ふつうの患者と同じように、何も意識しないようにして数値を読む。

「脈拍八二。酸素飽和度は九六パーセントです」

麗子はわたしの動きを逐一、目で追っていたが、表情は穏やかだった。しきりに視線を動かし、何かをさがしている。

「血圧は一三〇の七八です」

一ノ瀬先生に報告すると、麗子がわたしの名札を指さして言った。

「看護師さん、それ、いつも身につけてるの」

「そうよ」

「あたし、その名札がほしいな」

「どうして」

質問には答えず、目を細めて笑う。わたしは改まった調子で言った。

「名札はあげられないわ。仕事でいるものだから」

「じゃあ、髪の毛を一本ちょうだい」

「そんなものどうするの」

「いいじゃない。一本くらい。痛くしないから」

麗子がすっと手を伸ばし、わたしの頭に触ろうとした。間一髪でかわし、ベッドから離れる。麗子が悔しげに舌打ちをする。いったい何のつもりか。

「じゃあ、診察してもいいかな」

一ノ瀬先生が流れを変えるように割って入った。わたしは先生の後ろにまわり、距離を取った。麗子は目線は前方に向け、何も見ていないかのような虚ろな薄笑いを浮かべている。先生が聴診器を取り出すと、夢遊病者のようにネグリジェのボタンをすべてはずし、胸をはだけた。前に比べてずいぶん大胆だ。一ノ瀬先生も驚いたようすで、一瞬、聴診器の動きを止めたが、ふつうに胸の音を聴く。

「じゃあ、次はお腹の診察をするね。中嶋さんは来月のスケジュール表を出しといてくれるかな」

うまくわたしに用事を言いつけ、麗子が前みたいにわたしに診察させるのを事前に封じた。わたしはファイルを開き、わざと時間をかけてスケジュール表をさがす。

麗子は何も言わず、ゆっくりと身体を横たえた。相変わらず視線は虚ろで、唇に引きつるような笑いを浮かべている。

「はい。じゃあ、脚のむくみも診ておこう」

一ノ瀬先生がベッドの足下に移動すると、麗子が待っていたようにわたしに声をかけた。

「看護師さん。ちょっと目を見てくれる？」

仰向けのまま指で目をこする。一ノ瀬先生が足の診察を止めて、ようすをうかがう。

「目にゴミが入ったみたい。看護師さん、ハンカチを貸してくれない？」

「どこ」

わたしが見ようとすると、麗子は指で目を押さえて見せない。

「指の下にゴミがあるの。押さえておかないと、動いちゃう。早くハンカチを！」

きつい口調で言われ、仕方なしにハンカチを差し出した。奪うように取り、麗子は自分の目元に持っていったが、目には触れさせず、わずかに隙間をあけているようだった。

「どうしたの」

「あ、取れたみたい。ありがとうございます」

そう言って、麗子はハンカチを布団の中に入れた。

「ハンカチ、返してくれる」

「汚しちゃったから、洗って返します」

「いいわよ。それくらい」

「いえ。借りたものはきれいにしないと、あたしの気が済まないんです。それとも、看護師さんはあたしを信用してくれないの。汚したものをそのまま返したくないだけなのに、気持をわかってくれないの」

いやに真剣な声で突っかかってくる。このままでは押し問答になりそうだったので、わたしは折れた。

その日の診察の帰りには、麗子は呪文らしきものを唱えなかった。やはり、単なる気まぐれだったのか。

しかし、次の診察に古沢さんが行って、麗子から返されたハンカチを広げてみると、内側にたたんだ角が、一センチ角ほど切り取られていた。


麗子はわたしに呪いをかけるつもりなのだろうか。

中世ヨーロッパの黒魔術では、だれかを呪うとき、相手が身につけているものや身体の一部を使うと聞いたことがある。人差し指と中指を交叉した印も意味ありげだ。それに「いつか、あなたも」という呪文のような言葉。わたしがどうなるというのか。

それがわかったのは、次にわたしが一ノ瀬先生の診察に同行したときだった。

麗子は妙に濃い化粧をしていた。塗り重ねたファンデーションに滑稽なほど赤い頰紅、目立つアイシャドウに、ラメ入りの口紅をつけている。化粧は顔色を判定しにくくするので、診察のときには御法度だ。知らない人には注意するが、一ノ瀬先生は何も言わない。受容的にという方針のせいかもしれないが、あまりにわざとらしい化粧は、挑発の可能性もあるから、敢えて無視しているのだろう。

古沢さんによると、麗子はさまざまな言葉で一ノ瀬先生を振りまわそうとしているらしい。

甘えるような口調で、「先生が応援してくれるなら、あたし頑張る。だから見捨てないでね」と言ったかと思うと、突然、険しい顔になって、「先生は、あたしなんかどうでもいいんでしょ。どうせ治らないと思ってるんでしょう」と詰め寄ったり、逆に「いくらつらいことがあっても、過去に縛られてちゃだめね。もっと積極的になります」と決意表明をしたりするという。

「あたし、病気が治らないほうがいいな。治ったら先生が来てくれなくなるんだもの」

そんなふうに、なまめかしく媚《こび》を売ることもあったらしい。はじめは一ノ瀬先生もまじめに対応していたが、今は淡々と診察をするようになったという。そうでないと、完全に麗子のペースに巻き込まれてしまう。

「もしかしたら、彼女は陽性転移を起こしかけているのかもしれないな」

一ノ瀬先生がむずかしい顔で言った。陽性転移とは、患者が医師やカウンセラーに、妄想的な恋愛感情を抱くことだ。

この日の診察でも、明らかに彼女のようすはおかしかった。部屋に入ってからベッドの横に座るまで、ずっと一ノ瀬先生を熱く見つめ、わざとらしい吐息を洩らす。目はキラキラ輝き、うぶな少女のように両手を胸の前で握っている。

「身体の具合はどう」

一ノ瀬先生が訊ねると、麗子は「はい、大丈夫です」と答え、感激したように頬を赤らめる。そして、わたしにしおらしい声で聞く。

「車は看護師さんが運転するんですか」

「そうよ」

「じゃあ事故には十分、気をつけてくださいね。あたし、心配なんです。もし、先生が事故に遭って、大怪我をしたり、万一、死んだりしたら、あたし、生きていけませんから」

そう言って目を潤ませる。何を大げさなと思うが、微笑みで受け流す。

診察は特に問題なく終わった。薬の処方を確認して、一ノ瀬先生は、「じゃあ、また二週間後に」と席を立った。そのまま背を向けて部屋を出ていく。先生についていこうとしたとき、背後で例のつぶやきが聞こえた。

――いつか、あなたも……。

わたしは立ち止まり、部屋にもどった。一ノ瀬先生は気づかず玄関のほうへ歩いていった。

ベッドサイドにもどり、早口に訊ねる。

「今の言葉、どういう意味？」

麗子は蛇のように口を引きつらせ、冷酷な嗤いを浮かべて、ゆっくりと掛け布団の裾を引き上げた。醜く捻《ね》じ曲がった足首が露わになる。

「いつか、あなたも……こうなる」

わたしは全身、怖気《おぞけ》立った。


帰りの車の中で、一ノ瀬先生がわたしに訊ねた。

「さっき、北水さんの部屋にもどってたけど、何かあった?」

「いえ……、別に」

わたしはとっさにシラを切った。そのほうがいいと思ったからだ。しかし、クリニックにもどってから、古沢さんとチーコに相談した。

「あの呪文の意味がわかった。どうやら、わたしも彼女みたいに歩けなくなるという意味らしい」

「えー、怖ーい」

チーコはバラエティ番組のタレントのように眉をひそめた。古沢さんは少し考えてから、

「中嶋さんは、もう北水さんの診察には同行しないほうがいいかもしれないわね」と言った。

「わたしは別に呪いなんか信じてるわけじゃないんだけど」

「でも、気味悪いじゃない」

「そうですよ。触らぬ神に祟《たた》りなしって言いますし」

二人は慎重な口振りを変えなかった。

　このまま麗子には近づかないほうがいいのだろうか。しかし、どうも腑に落ちなかった。古沢さんもチーコも同じようにしているはずなのに、なぜわたしにだけ呪いをかけたのか。

「わたし、やっぱりもう一度、診察に同行してみるわ。タイミングを見計らって、理由を聞いてみる」

　古沢さんもチーコも不安そうだったが、敢えて止めようとはしなかった。

　二週間後、わたしはふたたび一ノ瀬先生といっしょに麗子の診察に行った。いつも通り、ノックをしてから返事を待って、部屋に入る。

　ベッドサイドの椅子に座ると、麗子がいやにはずんだ声を出した。

「一ノ瀬先生。今日は麗子、とっても気分がいいの」

「それはよかった」

「ここまで来られたのも先生のおかげです。麗子、ほんとうに感謝してるの。先生のような優しいお医者さまに巡り合えて、幸運だったなって喜んでるの。あたし、先生がいてくれるなら、どんなつらいことにも耐えるわ」

　芝居がかった物言いに、わたしは白けた気分になる。一ノ瀬先生は気にするようすもなく、問診を続けた。

「食欲はどう」

「きちんと食べてます」

「夜は眠れる?」

「はい。ぐっすり」

調子のいい即答にまた鼻白む。

「じゃあ、診察するね」

先生はいつも通り、目と舌から診はじめた。次は胸の聴診だ。麗子はネグリジェのボタンをはずしてから、何か思い出したように顔を上げた。

「あっ、そうだ。看護師さん、ママを呼んできてもらえますか」

「お母さんを呼ぶときは、チャイムを鳴らすんじゃないの」

「そうだけど、今、壊れてるの」

麗子がチャイムを振ってみせる。ボタンを押さないので、壊れているのかどうかわからない。

一ノ瀬先生を見ると、いいよ、というようにうなずいたので、わたしは立ち上がって廊下に出た。美砂子さんは居間にもいないし、台所にもいなかった。ほかに部屋があるのかと思ってさがすと、裏口の手前に襖の開き戸があった。

「お母さん、いらっしゃいますか」

声をかけると、「はい」と応答があった。襖の扉を開くと、そこは日用品が山ほど詰め込まれた三畳間で、美砂子さんが思い詰めたような顔で座っていた。

「娘さんが来てほしいと言ってます」

「麗子が呼ぶときはチャイムを鳴らすはずですが」

「チャイムは壊れてるそうです」

「そんな……。今朝も呼ばれたのに」

美砂子さんが不安げに眉を寄せて立ち上がる。わたしも胸騒ぎがして、早足で麗子の部屋に向かった。すると、ドアの向こうから凄《すさ》まじい悲鳴が聞こえた。

「きゃあっ。やめてぇ。ママ、助けてぇ！」

ノックも忘れてドアを開けると、麗子がベッドの上で自分の身体を抱きすくめ、きつく目を閉じて「きゃあ、きゃあ」と金切り声をあげていた。ネグリジェの片肌が脱げ、ショーツも半分ずり下げられている。一ノ瀬先生はベッドから離れて、頬を強ばらせて立っていた。

「先生、どうしたんです」

「どうもこうも、彼女がいきなり……」

一ノ瀬先生が言いかけると、麗子は遮るようにヒステリックに叫んだ。

「先生が乱暴しようとしたの。レイプしようとしたのよ。ひどい。許せない。わぁあっ」

布団に突っ伏して泣き崩れる。わたしはベッドに近づいて、麗子に話しかけた。

「少し落ち着いて」

麗子はバネ仕掛けのように身体を起こし、半分下がったままのショーツを見せた。

「看護師さん、見たでしょ、これ。証人になってよね。下着まで脱がされたのよ」

「それは、君が自分で……」

先生が抗弁すると、麗子は険しい目で一喝した。

「卑怯者！　あたしがそんなことするわけないじゃない。自分がやったくせに、なんて恥知らずなの」

「でも、まさか、一ノ瀬先生がそんなことをするはずないわ」

思わず弁護すると、今度はわたしを激しく罵《ののし》った。

「あなたたちデキてるんでしょう。それで先生をかばうのね。はじめからそうだと思った。こっそり目で合図して、破廉恥にもほどがある。今だってわざと先生とあたしを二人きりにして、いやらしいことをさせようとしたのね。先生を独り占めしようったって、そうはさせないからね」

麗子の目は嫉妬に狂った女のそれだった。言うことは支離滅裂だが、呪文の謎は解けた。

彼女は一ノ瀬先生とわたしが深い仲だと疑って、それで先生に陽性転移した彼女が、わたしに呪いをかけたのだ。

麗子は美砂子さんに叫ぶように言った。

「ママ、早く警察に電話して。このハレンチな医者を逮捕させて！」

美砂子さんはうろたえるばかりで動けない。わずかに首を振ると、麗子が逆上した。

「テメエ、自分の娘がレイプされかけたのに平気なのかよ。無理やり犯されかけたんだぞ。テメエがそんなだから、オレがこんな目に遭うんだ」

美砂子さんは蒼白になって震えている。麗子はかまわずくってかかった。

「テメエがだらしないんだよ。バカヤロウ。娘をいけにえにしやがって。だれもオレを守ってくれない。オレは慰みものだ。オレがこんなふうになったのは、みんなテメエの責任だ！」

美砂子さんが顔を覆って泣きだす。それでも麗子はやめない。

「エロ親父が死んだのも、みんなテメエのせいだ。テメエが殺したも同然だ。反省しろ。償いをしろ。早く警察を呼べ。犯罪者を捕まえろ。テメエが呼ばないなら、オレが警察に電話してやる」

サイドテーブルの充電器からケータイをひったくり、一一〇番を押す。燃えるような目で一ノ瀬先生をにらみ、嘲笑を浴びせる。

「あははは。このハレンチ医者め、テメエもこれでおしまいだ。オレにつれなくした罰だ。ざまあみやがれ」

次の瞬間、美砂子さんが麗子のそばに走り寄った。

「いい加減にしなさい！」

麗子の頬にビンタを食らわせ、ケータイを取り上げた。素早く終了ボタンを押し、通報は差し止められた。

「う、う、うわぁあん……」

麗子はいきなり子どものように泣きだした。両手を握り、大口を開け、天井に向かって泣き叫ぶ。

「あーっ、あーっ、ああーん」

無理に声を絞り出すような号泣が続く。まるで下手な役者の大げさすぎる演技のようだ。

美砂子さんが腰を折り、深々と頭を下げた。

「申し訳ありません。娘にはあとでよく言っておきますので、どうぞ、今日はお引き取りください」

「わかりました。これでは診察になりませんので、今日は失礼します。何かありましたら、またクリニックまでご連絡を」

一ノ瀬先生は美砂子さんに一礼し、そのまま麗子の部屋を出た。わたしも頭だけ下げて、北水家を後にした。


帰りの車の中で、わたしは何があったのか先生に訊ねた。一ノ瀬先生は今回ばかりは参ったというように首を振った。

「中嶋さんが出ていったあと、胸の音を聴いていたら、急に彼女の息が荒くなって、胸が苦しいと言いだしたんだ。聴診をやめたら、突然、自分の胸を拳で叩きはじめて、止めようと近づいたとたん、私の首にしがみついてきた。キスしようとするから顔を背けて、何とか腕をふりほどいたら、いきなり叫びだしたんだ」

「服が乱れていたのも？」

「叫びながら自分で片肌脱いで、下着もずり下ろしたのさ」

「じゃあ、襲われたのは先生のほうですね」

「そうさ。まったく驚いたよ」

一ノ瀬先生は助手席でため息をついた。美砂子さんが味方になってくれたからよかったものの、密室で麗子が得意の作話を繰り返したら、先生の潔白を証明するのはむずかしかったかもしれない。

クリニックにもどってから、一ノ瀬先生は帝邦大学付属病院の高橋医師に経過を報告した。高橋医師は美砂子さんに連絡して、麗子をもう一度大学病院に連れてくるようにすると言ったらしい。おそらく再入院になるとのことだった。

「せっかく家に帰れたのに、また入院ですか。ちょっとかわいそうですね」

わたしが言うと、一ノ瀬先生も「そうだな」とつぶやいた。

「一ノ瀬先生は優しすぎるから、彼女が恋愛妄想に走ったんじゃないですか」

顚末を聞いたチーコが、冗談とも本気ともつかない口調で言った。

「優しくしなきゃ診察もできなかったわよ」と古沢さん。

わたしは改めて一ノ瀬先生を慰労するつもりで言った。

「でも、ほんとうに困った人でしたね。あんな騒ぎを起こしたって、状況は悪くなるばかりなのに。結局、一ノ瀬先生の診察も受けられなくなるし、家にもいられなくなるし」

先生もさぞあきれているだろうと思いきや、意外にしんみりした声で言った。

「彼女もいろいろつらいんだよ。今の状況が好ましくないことは、自分でもよくわかってるだろうけど、どうにもならないんだ。事態が悪化するとわかっていても、自分を止められない。あれは病気じゃない。業《ごう》だよ、業。それは私にもどうにもできない」

「大学病院に入ったら、また高橋先生が診るんでしょう。あの先生なら何とかなるんでしょうか」

「むずかしいだろうね。高橋先生とうまくいかなくなれば、また主治医交代になるだろう。そうやって医者を替えながら、最後までいくんじゃないか。そんな患者はときどきいるよ。映画やドラマなら、名医がうまく治してハッピーエンドになるんだろうが、現実には底なし沼みたいな状況から這い上がれず、一生を終わる人もいるんだ」

一ノ瀬先生は、力なく嘆息した。

高齢者医療、末期医療、精神科医療、患者が治らない医療。それでも、だれかが関わらなければならない。

いくら治らなくても、わたしたちは逃げ出すわけにはいかない。いちばん苦しいのは、患者さんなのだから。

# セカンド・ベスト

あすなろクリニックは、この九月一日で開院三周年を迎えた。

診療を終えた午後六時、わたしたちはタクシーに分乗して、新宿のちょっと高級な中華料理店に繰り出した。メンバーは院長の一ノ瀬先生、三沢先生、看護師の古沢さん、チーコとわたし、それに事務のみっちゃんの総勢六人だ。

分厚い絨毯《じゅうたん》に大きな丸テーブルのある個室で、まずはビールで乾杯した。

「三周年、おめでとうございまーす」

「みんなのおかげで、無事にここまでやってこられたよ。ほんとうに感謝している」

一ノ瀬先生が感慨深く言った。

「わたしたちも、先生のおかげで楽しく仕事をさせてもらってます」

古沢さんが看護師を代表するように言った。

「この三年でどれくらいの患者を診たかな」

「カルテ番号は今、六百番台後半ですよ」

チーコが答える。

「そんなに診たか。そのうち、在宅で看取ったのは百五十人くらいかな」

「いえ、死亡診断書の発行数は百六十八枚です」

みっちゃんが即答して、有能な事務員ぶりを発揮する。

「そうか。けっこうな数だな。看護師さんたちもみんな愛想もつかさず、よく私の診療を支えてくれた。ほんとうにありがとう。みっちゃんも優秀だから、事務のことは任せておいて安心だったし」

順にねぎらいの言葉をかけてもらい、次は自分かと待ち構える三沢先生を見て、一ノ瀬先生は、ちょっと言葉に詰まった。

「えーと、三沢君にも感謝してるよ。君がいてくれるおかげで、私はどれだけ助かったか」

「ほんとうにそう思ってます？」

わたしがツッコむと、三沢先生以外の全員が笑った。

「もちろんだよ。三沢君は見ちがえるほど成長したからね」

「ありがとうございます」

三沢先生は首をすくめるようにお辞儀をした。わたしがすかさず追い打ちをかける。

「たしかに、三沢先生は成長しましたよね。最初はひどかったですから」

「何のことだよ」

「だって、はじめての看取りのとき、家でビールを飲んでて到着が遅れたでしょ」

「ああ、堀美智江さんのときか。あれは申し訳なかった」

三沢先生は後頭部を叩いて謝った。こういう率直なところが彼の美質だ。

空気がなごんだついでに、わたしは続けた。

「前から三沢先生に聞きたかったんですけど、先生はどうして在宅医療のクリニックに来たんですか。若いドクターなら、病院で治る患者をバリバリ診療するほうがいいんじゃないですか」

「いや、なんて言うか、ぼくは慌ただしいのが苦手なんだ。在宅医療だと、患者さんとじっくり向き合えるだろう」

「でも、在宅医療の患者さんは、ほとんど治らない人ばっかりですよ」

「そうかもしれないけど、ぼくは患者さんと触れ合うのが好きなんだよ。病院の医療は忙しすぎて、患者さんの一部しか診られない。患者さんの全体を診るには、やっぱり生活も見ないと」

三沢先生が改まった調子で言うと、一ノ瀬先生が突然、大声を張りあげた。

「えらい！　さすがは三沢君。私が見込んだだけのことはある。今どきの若い医師で、これだけ見識のあるドクターはめったにいない」

「そんな、先生、ほめすぎですよ」

三沢先生は大いに恐縮したが、一ノ瀬先生は力強く続ける。

「ほめすぎなんてことはない。君はもう十分に一人前の在宅医療医だ。いや、すでに中堅の域に達しつつあるんじゃないか」

「とんでもない」

「謙遜することはないよ。看護師さんからも聞いてる。患者への説明もうまくなったって」

「そうですか。いやぁ、それはどうも」

三沢先生がうれしそうに頭を掻くと、一ノ瀬先生がニヤリと笑い、声の調子を改めた。

「ところで今日、その中堅になりつつある三沢君にぴったりの患者さんが紹介されてきたんだ。ぜひ、君に担当してもらいたい。ＡＬＳの患者だ」

「えっ」

緩みっぱなしだった三沢先生の表情が、固まった。

ＡＬＳ＝「筋萎縮性側索硬化症《きんいしゅくせいそくさくこうかしょう》」。原因不明の神経筋疾患で、治療法も予防法もない難病中の難病だ。

「あの、ぼくで大丈夫でしょうか」

「もちろんだ。まったく問題ない。明日、退院前カンファレンスがあるから行ってくれ。多《た》和田《わだ》記念病院だ。よろしく頼む。さあ、それじゃみんな、楽しくやろう」

一ノ瀬先生は厄介ごとがすんだとばかり、紹興酒《しょうこうしゅ》を注文してみんなに振る舞った。三沢先生だけが、白い顔で中途半端な笑みを浮かべていた。

「一ノ瀬先生が持ち上げてくれるときは、どうも要注意なんだよな」

翌日、多和田記念病院に向かう途中、助手席で三沢先生が愚痴っぽく言った。ALSの患者を担当させられたことが、釈然としないのだろう。

「これも経験じゃないですか。むずかしい症例を三沢先生に任せたのは、一ノ瀬先生の親心ですよ」

「そうかな。そうとも思えないけど。それにこの患者さん、そうとう状態が悪いんだろ」

クリニックに届いた紹介状によると、患者の本庄三千子《ほんじょうみちこ》さんは、四年前にALSを発症して、すでに末期に近いとのことだった。

本庄さんは現在、五十八歳。元弁護士事務所の職員で、二年前までは仕事を続けていたという。多和田記念病院は神経内科の専門施設で、本庄さんは入退院を繰り返していたが、今回、自宅で最期を迎える覚悟で、在宅医療を希望したとのことだった。

「紹介状には、補助呼吸器を使用中と書いてあったけど、自発呼吸だけでは苦しいんだろうな」

ALSは全身の筋肉が萎縮するため、最終的には呼吸筋も萎縮して、自分で息ができなくなる。人工呼吸器をつければ大丈夫だが、それは患者にかなり過酷な状態を強いる。気管切開をするから声も出せず、チューブの刺激で痰が出るから、定期的に吸引してもらわなければならない。それに床ずれ予防のために、二時間ごとの体位変換も必要だ。食事も排泄も自分でできないから、生命維持の世話をいっさい、だれかにやってもらわなければならない。痒《かゆ》いところも掻けず、痛いところにも触れられず、咳払いもできず、うなずくことも、首を振ることもできず、ただじっとベッドに横になっているしかないのだ。

そんな苦痛に耐えかねて、ALSの患者には、安楽死を望む人も少なくない。実際、麻酔薬で眠らせてもらったあと、医師に人工呼吸器を取りはずしてもらい、自ら命を絶った患者も一定数いるといわれる。

「安楽死とか頼まれたら、どうしよう」

「まだ患者さんに会ってもいないのに、今から心配してどうするんです」

わたしは少しきつい声でたしなめた。わたしもALSの患者ははじめてなので、内心は不安だったのだ。

多和田記念病院は、小田急小田原線の祖師ケ谷大蔵《そしがやおおくら》駅近くにある中規模の病院だった。

退院前カンファレンスは、四階の東病棟の患者説明室で行われた。主治医の橘　秀彦《たちばなひでひこ》医師は、三沢先生より五歳ほど年上に見える知的な感じの神経内科医だった。ほかに主任看護師とケアマネージャーが同席している。

最初に、橘医師から本庄さんの病歴と、血液検査やレントゲン写真の所見が伝えられた。そのあとで、現在の状況が説明される。

「本庄さんは全介助の状態で、寝返りも打てないほど筋力が低下しています。嚥下《えんげ》も十分できないので、先月、胃ろうを造設しました。使っている栄養剤はラコールです。褥瘡《じょくそう》予防のために、ベッドにはエアマットを敷いています」

「呼吸状態はどうですか」

三沢先生が聞くと、橘医師はひとつ咳払いをして、言いにくそうに声を落とした。

「かなり悪いですね。今はマスク式の補助呼吸器を使っています。自発呼吸に合わせて、器械が空気を送り込むタイプです」

つまり、本庄さんが息を吸うと、それをきっかけに器械が作動して、蛇腹《じゃばら》につないだマスクに空気を送り込む方式だ。

「会話はできますか」

「話をするときはマスクをはずします。マスクは口元に密着させますから、つけたままでは声が聞き取れないんです」

「マスクをはずしても大丈夫なんですか」

「五分くらいでしたらね。以前は十分とか十五分とか会話ができたんですが、徐々に呼吸筋が弱ってきて、補助呼吸器なしでいられる時間が短くなってきています」

そう答えてから、橘医師は深刻そうに眉根を寄せた。

「ほんとうは、補助呼吸器ではもう限界なんです。頬と顎がやせて、マスクが密着しにくくなってますから」

「空気が洩れるということですね。気管切開をして、人工呼吸器につなぐ必要があるということでしょうか」

「いえ、それは本人が拒否してるんです」

「どうして」

「器械につながれてまで、生きたくはないとおっしゃって」

「ああ、ね」

予測されたことだったので、三沢先生は暗い顔でうなずいた。

人工呼吸器をつけると、苦痛と不如意《ふにょい》のまま生き続けることになるので、それを耐えがたい苦しみと感じる人には、人工呼吸器をつけないという選択肢も許されるべきだというのが、最近の考え方だ。もちろん、事前に十分な説明が必要だが、命を救いさえすればいいという考えは、必ずしも通らなくなっている。

「でも、まあ今後、もっと呼吸が苦しくなれば、本人の気持も変わるかもしれませんから」

橘医師は自分を励ますように言い、説明を終えた。

続いて、主任看護師とケアマネージャーが、本庄さんの家族関係などを説明した。

本庄さんは粕谷《かすや》のマンションで夫と二人暮らしで、子どもはいないとのことだった。夫の政孝《まさたか》氏は、本庄さんより三歳年下で、電力会社で経理を担当しているらしい。本庄さんは奈良の出身で、東京の大学を出たあと、目黒の弁護士事務所でアシスタントとして、二十年以上働いていたそうだ。退院後は、毎日、朝夕二回、ヘルパーが入って、おむつの交換など、必要な介護をするという。

「では、患者さんに会ってもらいましょうか。補助呼吸器の説明もしますから」

橘医師に促され、三沢先生とわたしは本庄さんの病室へ向かった。

スライド式のドアを開くと、補助呼吸器の排気音が不規則に聞こえた。

「あ、本庄さん、また空気が洩れてるわね」

主任看護師がベッドに近寄り、マスクの位置を調整した。透明プラスチックにゴムの縁取りをつけたマスクは、ゴムバンドでX字状に頭にかけて固定してある。

はじめて見るALS患者の本庄さんは、思わず言葉を失うほどのやつれようだった。もともとは美人だったのだろうが、髪は白髪になり、頬がこけ、こめかみはへこみ、鼻骨と下顎骨ばかりが飛び出して見える。額も口元も、骨に薄い皮をかぶせただけのようで、首もやせ細り、通常なら斜めに浮き出る胸鎖乳突筋《きょうさにゅうとつきん》が、ほとんど見えなくなっていた。これでは首をまわすこともできないだろう。

掛け布団の下の身体も、信じられないほど嵩《かさ》が低く、微動だにしない全身は、ボール紙か何かで作った人形のようだ。

橘医師がわずかに身を屈め、優しく言った。

「本庄さん。退院してから訪問診療をしてくれる先生をお連れしました。あすなろクリニックの三沢先生です」

紹介されて、三沢先生は一歩前に出る。

「こんにちは。三沢です。家に帰られたら、ぼくが診させていただきます」

本庄さんは目だけで三沢先生を見つめ、笑いながら何度もうなずいた。筋肉が萎縮しても、笑顔は作れるようだ。ただし、やせているので顔中に皺が寄る。

「看護師の中嶋です。よろしくお願いします」

わたしも上体を倒して、本庄さんに挨拶をした。化粧をしていない本庄さんは、やや色黒だが、白目はおどろくほど澄んでいた。大きく見開かれた目には、精いっぱいの活力が漲《みなぎ》っている。

本庄さんが合図するように顎を動かすと、主任看護師がマスクをはずした。

「三沢先生、退院したら、よろしくお願いします。看護師さんにも、いろいろ世話になるけど、よろしく頼むね。よかったわー」

耳を近づけないと聞き取れないほどのかすれ声だったが、しゃべり方には力があった。言葉は関西風で、イントネーションがやわらかい。

補助呼吸器の使い方や、在宅での療養について橘医師らと打ち合わせをしたあと、三沢先生が本庄さんに訊ねた。

「今、何か、おっしゃりたいことはありますか」

本庄さんは浅い息を繰り返しながら、天井を見て少し考えた。

「そうやね。こんなふうになって、まだ半年やけど、寝たきりは、つらいわ。けど、負けたらあかんと思って、頑張ってるねん。身体は動かんでも、心は、自由やから」

言い終わると、本庄さんはまた顔中を皺だらけにして笑った。

なんという精神力の持ち主だろう。難病に冒され、治療法もない状況で、ここまで前向きになれるものだろうか。

帰りの車の中で、わたしは感心して三沢先生に言った。

「本庄さんてすごい人ですね」

「そうだね。でも、在宅で呼吸管理がうまくいくだろうか」

三沢先生は本庄さんの言葉より、これからの治療のほうが不安なようだった。

本庄さんはカンファレンスの翌々日に退院し、最初の訪問はそれから三日後だった。

通常の訪問診療は二週間ごとが多いが、本庄さんは重症なので、毎週行くことになった。

彼女のマンションは、蘆花恒春園《ろかこうしゅんえん》に近い閑静な住宅街にあった。部屋は三階で、日中は本庄さん一人なので、鍵は格子窓の内側に隠してある。格子の隙間から指を入れて、鍵を取り、扉を解錠する。

「おはようございます。あすなろクリニックです」

出迎えはないだろうから、声だけかけて、三沢先生と部屋に上がった。夫婦二人暮らしにしては広い間取りだ。本庄さんは奥のリビングに、介護ベッドを入れて横になっていた。

「おはようございます。診察に来ました。家に帰れてよかったですね」

三沢先生が言うと、本庄さんは補助呼吸のマスクをつけたまま、小さくうなずいた。

リビングは南向きの明るい部屋で、テレビやソファ、サイドボードなどが置かれていた。

壁際には本庄さんの介護に必要な物品一式を入れた収納棚がある。

「ご気分はいかがです」

三沢先生の問いかけに、本庄さんが答えようとしたので、わたしはマスクのゴムバンドをはずした。

「ありがとう。やっぱり、家はいいわ」

ささやくような声だが、口調は明るい。

「何か困ったことはありませんか」

「そうやね。困ったことというたら、困ったことだらけやけど、まあ、大丈夫です」

カンファレンスのときより髪が短くなっていたので、わたしが訊ねた。

「髪、カットされたんですか」

「主人が切ってくれたの。変なことない？」

「よく似合ってますよ。プロがカットしたみたい」

「そう？　うふふ」

本庄さんはまた顔を皺だらけにして笑った。

三沢先生が問診をしたあと、わたしは血圧や脈拍を測った。

「看護師さん、マスクを、つけて」

測定のあとでそう言われ、慌ててマスクをつける。ゴムバンドを頭の後ろで交叉させ、頬にフィットするようにあてがうと、補助呼吸器がうまく作動した。

「では、診察をさせてもらいますね」

退院前カンファレンスは顔合わせだけだったので、全身の筋肉の状態や、麻痺の程度を調べなければならない。

まず首を持ち上げてもらうが、ほとんど上がらない。寝間着の前をはだけると、胸の筋肉はベーコンのように薄くなり、肋骨が浮き出ていた。

「腕は動きますか」

三沢先生が聞くが、腕はまったく上がらず、肘も曲げられない。手首はかろうじてまわせるが、手は完全に「猿手《さるで》」だった。猿手とは、親指の付け根がへこみ、指先の関節だけが曲がった状態だ。読んで字のごとくチンパンジーのような手で、ALSの末期に現れると専門書に書いてあった。

次に腹部を診察したが、骨盤が浮き出て、全体が干からびたようにへこんでいる。鳩尾の下には、胃ろうのチューブが装着されていている。一日に三回、ここから点滴のように栄養剤のラコールを注入するのが、本庄さんの食事だ。

下肢を見ると、おむつから伸びた脚は、膝の関節ばかりが膨れて見えるほどのやせ方で、足は長らく歩いていないため、「尖足《せんそく》」（足関節が伸びて、つま先を下に向けた状態）で固まっていた。当然、足首は動かず、膝を持ち上げることもできない。

診察しながら、三沢先生は徐々に深刻な表情になり、最後に大きなため息をつきそうになるのを、かろうじて堪《こら》えたようだった。

そのままカルテの記載をはじめたので、わたしは壁のほうに目をやった。鴨居《かもい》の上にA4サイズのカラー写真が、七、八枚、フレームに入れて飾ってある。すべて本庄さんが被写体だ。満開の桜を見上げるアップ、五重塔の前にたたずむ和服姿、コスモス畑に屈んで微笑んでいるスナップ。

「きれいな写真ですね。ご主人が撮られたんですか」

そうよ、とマスクの中で口が動く。写真はどれも鮮やかな色彩で、構図も安定している。

「ご主人、カメラがご趣味なんですか」

本庄さんが顎を動かしたので、マスクを取った。

「そうやねん。下手の横好きやけど、コンクールで、賞をもらったこともあるんよ」

「へえ、すごいですね」

三沢先生もカルテから顔を上げ、写真に目をやる。写真は本庄さんが元気だったころのもので、髪も黒々として、今とは見ちがえるほどきれいだ。表情もはつらつとして、品のいい朗らかな人柄が偲《しの》ばれる。だが目の前の本庄さんは、やせ細り、かつての姿は見る影もない。わたしは何と言っていいのかわからず、ただ、「いい写真ですね」とありきたりな感想しか口にできなかった。

「ちょっと、そこの鏡、取ってくれる」

サイドテーブルの手鏡を顔の前にかざすと、本庄さんは酸っぱいものでもかんだかのように口をすぼめ、目をつぶった。

「うわー、えらい皺くちゃになったな。むかしは、別嬪《べっぴん》やったんやけど」

「今でもきれいですよ。表情がすごく豊かですもん」

「ありがとう。若いころは、これでも、モテたんよ。ダンスパーティとかで、いっぱい、声かけられて」

「社交ダンスですか」

「ジルバよ。ブルースとか、ワルツも、踊ったけど。主人とも、ダンスパーティで、知り合うてん」

それから本庄さんは、ご主人とのなれそめを語った。話は尽きないようだったが、わたしは息が続くかどうかが気がかりだった。案の定、五分を過ぎると、言葉が出にくくなった。慌ててマスクを着けるが、うまく器械とのタイミングが合わない。小刻みな息のため、器械が作動すると同時に吐こうとするので、空気がマスクから洩れてしまうのだ。それでよけいに息苦しくなり、呼吸が切迫する。

「本庄さん、ゆっくり吸ってください。速い呼吸だと器械と合いませんから」

三沢先生がアドバイスするが、本庄さんはうなずくばかりで、依然、器械に同調しない。

「一度、マスクをはずしたほうがいいな」

三沢先生の指示で、わたしはマスクを取る。はずした途端に、本庄さんがあえぎながら言う。

「わかってる、けど、勝手に、息が、速く、なる、んよ」

「大丈夫です。リラックスしてください。一度、深呼吸してみましょう」

三沢先生はそう言うが、深呼吸ができればそもそもこんな小刻みな息にはならない。そのことに気づいたらしい三沢先生は、両手でマスクを本庄さんの顔に強く密着させ、空気が外に洩れないようにした。

「本庄さん。一度、全身の力を抜いてください。息をしようとしなくても大丈夫です」

酸欠状態になりかけ、目に緊迫感を漂わせていた本庄さんが、言われた通り力を抜いた。わずかな吸気の刺激で器械が作動し、空気はスムーズに肺に入った。

「そうそう。うまいです。そのまま力を抜いてください」

空気が入ると気持も落ち着き、本庄さんはうまく器械の空気を吸うことができた。

「もう大丈夫ですね」

三沢先生がゴムバンドで止めようとすると、本庄さんが顎を動かした。マスクをはずすと、笑顔で言った。

「先生、息をさせるの、うまいね。さっきは、ちょっと、しゃべりすぎた。わたし、おしゃべりやねん」

「わかりました。じゃあ、マスクをしますね」

今度は余裕があるせいか、うまく器械とタイミングを合わせることができた。

ようすを見ていて、わたしは自由に息ができることの喜びを改めて痛感した。本庄さんは呼吸が切迫すると、わかっていても息ができなくなるのだ。それは即、窒息の苦しみにつながる。考えただけでも恐ろしい。好きなだけ空気が吸えるというのが、これほどありがたいことだとは思わなかった。

診察のあと車にもどってから、わたしは三沢先生の処置に率直に感心した。

「さっき、全身の力を抜くように言ったのはうまかったですね。あのまま器械に合わなかったら、どうなることかと思いました」

珍しくほめたのに、反応は芳しくなかった。

「なまじ力が残ってるから、ファイティング（器械と合わないこと）が起こるんだ。やっぱり、補助呼吸器ではもう限界かもな」

いつになく憂うつそうに言う三沢先生は、次の段階へ進まなければと考えているようだった。

次の段階とはすなわち、補助ではなく、フルタイムの人工呼吸器をつけることだ。そのためには、気管切開をしなければならない。口や鼻からチューブを入れたままでは、長期間の人工呼吸は無理だからだ。

しかし、人工呼吸器は本庄さんが拒否していると、カンファレンスのときに申し送られた。橘医師は、呼吸が苦しくなれば本人の気持も変わるかもしれないと言っていたが、それは聞いてみなければわからない。器械につながれてまで生きたくないという本庄さんの気持は、当然、尊重されなければならない。

「でも、あの呼吸状態だと、いつ窒息するかわからない。それに、これからますます筋力は低下するだろうし。頬の筋肉だって萎縮が進むと、マスクのフィットがむずかしくなるだろうし」

三沢先生はすでに人工呼吸器に気持が傾いているようだった。わたしはそれに反論した。

「人工呼吸器をつけたら、呼吸の問題は解決するでしょうけど、ほかにいろいろつらいことが起こるんじゃないですか。器械に生かされるのはいやでしょうし、床ずれや感染や、出血や関節の拘縮《こうしゅく》とかもあるでしょう。それに、人工呼吸器はいったんつけると、おいそれとははずせないし」

「それはそうだけど、命には代えられないだろう」

そうだろうか。

在宅医療に携わるようになってから、わたしは命を延ばすことが、必ずしも最優先だとは思えなくなっていた。〝生きる価値のない命などない〟などとよく言われるが、それは建前にすぎない。個人の自由と尊厳を考えた場合、生きる手段があっても、死を選ぶ自由も尊重されるべきではないか。

「もし、人工呼吸器をつけて、本庄さんが悲惨な状況になって、人工呼吸器の取りはずしを依頼されたら、三沢先生ははずしてあげますか」

「えっ、いやぁ、それはどうかな」

「だったら、慎重に考えるべきでしょう」

三沢先生はそれ以上、何も言わなかった。

二回目の訪問のとき、たまたま夫の政孝氏が家にいた。

「いつもお世話になっています。どうぞよろしくお願いします」

政孝氏は玄関口でそれだけ言うと、自分の部屋に引っ込んでしまった。

マスクをはずした本庄さんは、困ったような顔で、「あの人、恥ずかしがりやねん」とかばうように言った。

政孝氏はずんぐりとした内気な中年で、眉は濃かったが、目は自信がなさそうだった。

三沢先生は本庄さんに呼吸の状態を訊ね、一通りの診察を終えたあとで、人工呼吸器について説明しはじめた。

「前回みたいに器械と合わなくなると、下手をすると窒息する危険もあります。気管切開をして、人工呼吸器をつけると、少なくともその心配はなくなります」

「わかってる、けど、器械に生かされるのは、いややねん」

本庄さんは、かすれ声ながら決然と言った。

「息が苦しくてもですか」

「そら、苦しいのは困るけど」

「ご主人は何とおっしゃってるんですか」

「主人も、同じ考えです。人工呼吸器は、いらないと」

三沢先生が黙ったので、わたしが言った。

「でも、もう一度、聞いてみましょうよ。せっかく今日はご主人がいらっしゃるのだから」

わたしは政孝氏の部屋をノックして、リビングに来てもらった。三沢先生が人工呼吸器について説明すると、政孝氏は戸惑いながら訊ねた。

「気管切開をすると、しゃべれなくなるのでしょう」

気管切開は声門の下にチューブを入れるので、声は出せない。そう説明すると、政孝氏は悲しげに続けた。

「わたしたち夫婦には、子どもがいませんから、お互いの会話が唯一の楽しみなんです。気管切開でそれが失われてしまうと、いっしょにいる意味がなくなります。だから、二人で相談して、気管切開はしないでおこうと決めたんです」

「しかし、このままだと命の危険があるのですよ」

三沢先生の言葉に政孝氏がうつむくと、本庄さんがマスクを取るよう合図した。

「わかってます。今でも、もう、十分、苦しい。気管切開、したら、息は楽に、なるかもしれんけど、ほかに、つらいことが、ふえる。病院でも、聞いたんです」

橘医師からも説明は聞いているようだった。

安全性を考えれば、気管切開をしたほうがいいに決まっている。しかし、ＱＯＬ（生活の質）を優先するなら、今のまま頑張るほうがいい。

三沢先生が腕組みをすると、本庄さんが声をふりしぼるようにして言った。

「先生、もう少し、このままに、して、もらえませんか。わたし、まだ、もうちょっと、主人と、話を、してたいから」

「……わかりました」

三沢先生は必ずしも納得していないようだったが、この場は折れたようだった。

帰りの車の中で、先生は首を傾げながら言った。

「ご主人との会話がそんなに大事なのかなぁ。命の危険が迫ってるっていうのに」

「それは、ご夫婦にしかわからないんじゃないですか」

「中嶋さんは理解できる？」

「さあ、わかるような、わからないような」

そうとしか答えられない。

安全と患者さんの希望のどちらを優先すべきか。本人の希望を無視して、医療者が強引に安全を押しつけるわけにはいかない。しかし、希望を優先して、患者さんを危険にさらすことは、医療者として義務を果たしていると言えるのか。

その後、本庄さんの状態は一進一退のまま、かろうじて日々を乗り切っている状態だった。ときどき呼吸が器械と合わなくなったが、本庄さんはいろいろ工夫して、なんとかしのいでいた。

調子のいいときは、マスクをはずしていろいろな話をしてくれる。自分でおしゃべりと言うだけあって、本庄さんは話がうまかった。飾らない関西弁でわたしたちを笑わせてくれる。

「裁判のとき、耳が聞こえんという人がおったんや。裁判官が『聞こえませんか』と聞いたら、『はい』と答えて、聞こえるとわかってしもた」

本庄さんが勤めていた弁護士事務所は、医療訴訟をよく扱っていたようで、そのことを聞くと、三沢先生は興味を持ったようだった。

「最近、医療訴訟が増えていて、ぼくらも他人事《ひとごと》とは思えませんよ」

「そうやろね。わたしのいた事務所も、いつも、四、五件、抱えてたから」

「でも、ミスや事故があったら、医療者は正直に謝るべきです。ミスを隠ぺいしたり、責任を認めなかったりする病院は許せないです」

三沢先生が意外に正義感の強いところを見せると、本庄さんは萎縮した筋肉を懸命に動かして、首を振った。

「いや、訴える患者さんにも、困った人が、多いんよ。結果だけ見て、ミスがあったと、決めつけたり、病院が、何か隠していると、頭から、疑ったり」

「それは困るな」

「ひどいのになると、父親が死ぬとき、苦しそうやったから、訴えたいとか、手術で、怖い思いをしたから、慰謝料よこせとか、そんなん、裁判に、なるはずないやん。時間外に事務所に、電話してきて、一時間も、二時間も、自分の言い分、並べ立てる人とか、いきなり、段ボール箱、いっぱいの書類を送りつけて、すぐ読んでくれと言うたり、むちゃくちゃや。それで、うちの先生が、たしなめると、アンタは医者のまわし者かと、怒鳴ったり、して」

「それって、クレーマーじゃないですか」

三沢先生があきれると、本庄さんは大きく目を開いてうなずいた。

「そうや。けど、お医者さんかて、よくないんや。相手の気持を考えて、ちょっと頭を下げてくれたらええのに、自分はまちがってない、の一点張りや。医学的には、そうかもしれんけど、患者側は、大事な身内をなくしてるんやから、せめて、申し訳ない、のひとことがほしいねん」

わたしは本庄さんが、患者側にも医者側にも偏らず、公平に考えていることに感心した。

「本庄さんは、事務所ではどんなお仕事をされてたんですか」

わたしが聞くと、本庄さんはぱっと顔を輝かせた。

「先生のスケジュール管理とか、書面作りの手伝いとか。先生が忙しいときには、クライアントの話を聞いたりもしてたよ」

「それはたいへんですね」

「わたしは、仕事が、好きやったから」

仕事に誇りを持っていたのだろう。強がるように眉間に皺を寄せ、そのあとで寂しげに笑った。無念さが滲んでいるようだった。


それから、本庄さんの症状は徐々に悪化していった。

九月の末にひどい雷が鳴った夜、本庄さんは停電しないかとひやひやしたそうだ。補助呼吸器の電源が切れてしまうからだ。フルタイムの人工呼吸器にはバッテリー内蔵のものが多いが、需要の少ない補助呼吸器にはそれがない。

別のある日は、マスクがうまく合わず、一晩中眠れなかったと言った。マスクを下げるとフィットするが、腕を動かせない本庄さんは自分で引っ張れない。

「ご主人に調整してもらったらよかったのに」

三沢先生が言うと、本庄さんは小さく首を振った。

「主人には、できるだけ、世話を、かけたくないの」

「どうしてです」

「わたしが、こんな病気になって、申し訳ないから」

「だって、それは本庄さんのせいじゃないでしょう」

「けど、あの人は、老後、わたしと、旅行するの、楽しみにしてたんよ。優しいから、かわいそうやねん」

そう言って、本庄さんはひとすじ涙をこぼした。

壁の写真にあるような旅行を、定年になったらもっとしようと心づもりしていたのだろう。それが自分の病気のためにできなくなった。しかし、だからといって、本庄さんが肩身の狭い思いをする必要があるのだろうか。

わたしには、政孝氏の対応がどうも疑問だった。本庄さんの余命はかぎられている。いっしょにいられる時間は短いのに、なぜ仕事を減らさないのか。本庄さんは話がしたいと言っているのに、どうしてそばにいてあげないのか。

しかし、わたしが政孝氏の仕事に口出しをするわけにはいかない。

三沢先生に言うと、「本庄さんの余命が短いことは、「ご主人に電話で伝えたんだけど」と、口元をゆがめた。

本庄さんは顔がやせて、マスクがフィットしにくくなった。頬に綿を詰めたり、ゴムバンドをきつくしたりしたが、うまくいかない。声も出にくくなり、口元に耳を近づけないと聞き取れないようになった。話せる時間がかぎられているから、本庄さんは懸命に言葉を紡ぐ。その必死さが痛々しい。

おまけに関節の拘縮が進み、首や腰や肘に痛みが出てきた。鎮痛剤を胃ろうから入れるが、あまり効かない。湿布や座薬も試すが、ほとんど効果がない。指の動きも悪くなって、いつも手にしているブザーを押すのもむずかしくなってきた。それは政孝氏を呼ぶためのブザーで、夜中に異変があったら報せるためのものだ。

「もし、息が止まりそうになって、主人に、報せられへんかったら、困る」

本庄さんは切羽詰まった表情で訴えた。

「やっぱり、気管切開しかないんじゃないかな」

三沢先生は言いにくそうに続けた。

「気管切開はしないと、ご夫妻で決められたことは聞いています。でも状況によっては、方針を変えてもいいんじゃないですか。呼吸の安全面を考えると、やはり気管切開がいちばんいいように思いますが」

「けど、気管切開をしたら、夜も、痰の吸引を、せないかんでしょう。それで、主人が、寝不足に、なったら困る。運転するから、居眠り運転が、心配」

この期に及んで、まだ政孝氏を気遣っている。

「夜に来てくれる訪問看護師もいますよ。吸引も痰の量によっては、そう頻繁にしなくてもいいし」

三沢先生が励ますように言うと、本庄さんはまばたきを繰り返し、三沢先生とわたしを見て、ふっと目を逸らした。

「……そこまでして、生きる値打ちが、あるんかな」

本庄さんの目が充血し、涙が盛り上がる。堪えきれないように、幾すじも頬にこぼれる。目には苦しげな思いが浮かんでいた。

わたしも必死に涙を抑える。安易に励ますことなど許されない。三沢先生も言葉を失っている。本庄さんがあえぎながら続けた。

「胸の奥が、凍るように、冷たいんよ。関節が、セメント漬けに、なったみたいや。身体が、だるくて、仕方ない。けど、動かすことも、できへん。足は、痺れて、だるくて、切り落として、ほしいくらいや」

気管切開をすれば、呼吸の問題は解決するだろう。しかし、関節の痛みやだるさは消えない。身体を動かせないことも苦痛も、そのままだ。そのうえ話もできなくなれば、本庄さんの苦痛はどれほど深まるだろう。それで死なない状態にすることは、あまりに残酷ではないか。

マスクをはめて、しばらく器械に呼吸を助けてもらっていた本庄さんが、ふたたびマスクを取るよう合図した。

「先生が、気管切開を、勧めてくれるのは、親切からやと、わかってる。いやな話、聞かせてごめんね。けど、もう、しんどいわ。いやになってきた」

そう言いながら、わたしたちに配慮して笑う。本庄さんはどこまでも気遣いの人だ。やせた皺だらけの顔で、精いっぱいの笑みを浮かべる。


十月の第二週目、ケアマネージャーから電話があった。

政孝氏が介護に疲れてきたので、本庄さんを入院させたいと言ってきたそうだ。それを自分の口から言うと、介護をいやがっているように思われるので、できれば三沢先生の口から言ってもらえないかと頼んできたという。しかも、在宅医療がむずかしい状況になったという嘘の理由で、説得してほしいと依頼してきたというのだ。

それを聞いて、三沢先生が激怒した。

「冗談じゃない。介護もいや、それを知られるのもいや、だから、ぼくに嘘を言えというのか。あまりに身勝手すぎる。だれがそんなことを引き受けるか」

「ほんとですよね。あのご主人、そこまでひどいと思いませんでした」

わたしも興奮して声を震わせた。本庄さんはいつも政孝氏のことを思いやっているのに、当人は厄介払いしたい気でいるのか。それでは本庄さんがあまりにかわいそうだ。

「もしかして、ご主人が気管切開に否定的なのは、本庄さんの介護を早く終わらせたいからじゃないのか」

「まさか」

「いや、ケアマネは、ご主人の帰りがときどき遅くなるとも言ってた。ひょっとして、外に女がいるとか」

「えーっ、そんなの許せない！」

わたしは思わず机を叩いた。

「どうしたの」

ベテラン看護師の古沢さんが、わたしたちの剣幕に驚いて聞いた。顚末を話すと、「それはひどい話ね」と首を振った。

「でも、決めつけるのはよくないかもよ。それに、ご主人の協力なしには、在宅医療は続けられないんじゃない」

三沢先生は憤然と答えた。

「ご主人はどうせ夜しかいないんだよ。いざとなったら、ぼくが夜中でも明け方でも駆けつけるよ」

翌日、診察に行くと、本庄さんは調子が悪そうだった。

「昨夜も、マスクがずれて、苦労した。けど、主人が、夜中に二回起きて、直してくれた」

また政孝氏をかばうように言う。三沢先生はそれを無視して訊ねた。

「退院して、二カ月がすぎましたが、どうですか。家と、病院のどちらがいいですか」

あれから三沢先生は少し冷静になり、冷たい夫のいる家より、入院したほうがいいかもしれないと考えを改めたのだ。もちろん、本庄さんが希望すればの話だが。

「そうやね。家にも、病院にも、いいところと、悪いところがあるわ」

本庄さんの瞳が細かく揺れる。言いたいことはたくさんあるが、息が続かないのだ。考えたあげく、一語ずつ区切るように言った。

「今は、やっぱり、家が、いいわ。主人と、いっしょに、おれるから」

わたしは切ない思いをどうすることもできなかった。夫が自分を入院させようとしていると知ったら、どれほど悲しむだろう。いや、本庄さんのことだから、きっと黙って入院するかもしれない。残り少ない本庄さんの時間を、そんなふうに費やさせるわけにはいかない。

三沢先生も同じ気持だったのだろう。政孝氏への怒りを隠さなければならないので、診察がぎこちなかった。

一通り診終えてから、先生は我慢しきれないように言った。

「本庄さんは、いつもご主人に遠慮されているようですが、もう少し介護を頼んでもいいと思いますよ。ご主人も仕事ばかり優先していると、あとで後悔する可能性だってあるわけだし」

よく言った、と内心で拍手しながら、わたしは胸がひやりとした。あとで後悔するというのは、本庄さんの死が間近いことを思わせるからだ。

本庄さんはマスクを取るよう合図して、かすれた声で言った。

「主人は、よう、やってくれてる。お義母《かあ》さんも、施設におるから、両方で、たいへんやねん。そろそろ、危ないから」

「えっ。ご主人のお母さんもご病気なんですか」

「そやねん。認知症で、食べへんらしい」

わたしは三沢先生と顔を見合わせ、自分たちの早合点を恥じた。政孝氏の母親なら、もう八十歳は過ぎているだろう。妻と母親を同時に介護しなければならないのは、たしかにたいへんだ。精神的にも肉体的にも経済的にも、当事者にしかわからない負担があるにちがいない。

帰りの車の中で、三沢先生が自戒するように言った。

「人にはいろんな事情があるんだな。古沢さんの言う通り、決めつけちゃいけない」

　十一月後半に入ると、本庄さんは腰の痛みが強くなり、夜も眠れなくなってきた。強めの鎮痛剤を処方しても効かない。脚も抜けるようにだるいというので、三沢先生はついにモルヒネの使用に踏み切った。本庄さんは自分で薬をのめないので、持続皮下注射で投与することになった。細い針を腹部に固定して、微量注入ポンプで少しずつ入れるのだ。最初の設定は一日一二ミリグラム。痛みが特に強いときは、早送りのボタンを押せばモルヒネが一気に注入される。

「副作用は、ないんですか」

　本庄さんが訊ねた。

「大丈夫です。吐き気とか便秘が起こる場合がありますが、薬で対応できますから」

「よかった。けど、先のこと考えたら、不安で、冷や汗が、出るわ」

　そう言いながらも、笑顔を浮かべる。落ち込まないように必死に頑張っている。

「モルヒネは、どれくらい、使っていいの」

「上限はありません。痛みを止めることが目的ですから、必要なだけ増やしてかまいませんよ」

上限がないのは、死を前提にしているからだ。それを察したのか、本庄さんは天井に目をやり、かすかなため息をついた。

「そうやね……。もう、頑張らんでも、ええもんね」

わたしはつらくて、思わず顔を背けた。涙は見せないようにと思ったが、とても堪えられない。三沢先生も目を真っ赤にしていた。

次に診察に行くと、本庄さんは少し落ち着いたようすだった。リビングに入ると、じっとこちらを見ている。そして、マスクをはずすなり三沢先生に言った。

「先生、今日は、いいネクタイしてるね」

先生のスカーフ柄のネクタイに目を留めたのだ。苦しいはずなのに、常に遊び心を忘れない本庄さんにわたしは感心した。

「モルヒネはどうですか」

三沢先生が聞くと、本庄さんは「まあまあやな」と顔をしかめた。微量注入ポンプのダイヤルは、最初の設定のままになっている。

「痛みがあるなら、もっと増やしてもいいですよ」

「うん、ちょっと、増やしたいんやけど、ぼーっとするから」

意識が朦朧となるのがいやなのだろう。痛みだけ止めて、意識をクリアにするのはむずかしい。魔法の薬でもあればと、医療者にあるまじきことを思ってしまう。

　本庄さんが話せる時間はどんどん短くなり、一分がぎりぎりになった。声もほとんど聞き取れないほど弱々しい。頭ははっきりしているので、言いたいことはたくさんあるはずなのに、体力がついていかない。先生もわたしもできるだけ本庄さんの気持を汲み取り、イエスかノーで答えられる質問を工夫した。

　一通り診察をすませたあと、最後に三沢先生が訊ねた。

「あと、何か聞いてほしいことはありますか」

　本庄さんはまばたきを繰り返し、何か言いたそうに口を震わせたが、言葉をため息に替えてつぶやいた。

「……どうしようも、ないもんね」

　十二月、いよいよ状態は悪くなり、指もほとんど動かなくなった。モルヒネは一日六〇ミリグラムに増量したが、意識を残すと痛みも残る。本庄さんは痛みより、全身のだるさのほうが苦しいようだった。まさに身の置き所がない感じだ。

「苦しい。この、だるさ、もう、疲れた、何とか、消してほしい……」

　息も絶え絶えに訴える本庄さんに、三沢先生はつらそうに眉根を寄せるばかりだった。先生にも打つ手がないのだ。それはわかっているが、何とか少しでも、症状を軽くはできないものか。

本庄さんは必死に補助呼吸器に息を合わせながらも、手足を縛られて海に放り投げられた人のように、小刻みに肩を震わせ、首に筋を立て、懸命に空気を取り込もうとする。とても見ていられない。診察を終えて、本庄さんを一人残して帰るときは、つらくて申し訳なくて、どうしようもない気分に襲われる。

だが、わたしたちはまだその場から離れられるだけ、楽だったのかもしれない。一晩中、本庄さんのそばにいる政孝氏は、地獄の責め苦だったろう。

なぜALSのような病気があるのか。わたしは悔しい思いでいっぱいだった。

マスメディアは医学の進歩を喧伝《けんでん》し、あらゆる病気が克服されつつあるかのように報じている。しかし、治らない病気は多いし、治るはずの病気で命を落とす人も少なくない。イメージの世界と、現実は驚くほど隔たっている。

十二月三週目、ついに本庄さんの口から、恐れていた言葉が出た。

リビングに入ったときから、本庄さんはようすがおかしかった。マスクをはずすのを待ちきれないようすで、わたしがマスクを取ると、本庄さんは思い詰めたように三沢先生を見つめ、一気に言った。

「先生。もう、限界や。楽になりたい。死ぬ以外に、方法は、ないんでしょ。頑張ってきたけど、もう、あかん。地獄の苦しみや。頼むから、安楽死させて。自棄《やけ》になってるのと、ちがう。本気や」

そう言って、布団から出した左手首を、震わせながら三沢先生のほうに向けた。内側に二本、リストカットの傷痕があった。

「入院、する前に、やった。けど、あかんかった。自分では、死ねんから、頼んでるの」

三沢先生はたじろぎ、そのまま固まった。少しは心づもりもあったのかもしれないが、ここまで正面切って言われるとは思ってなかったようだ。

「看護師さんからも、頼んで……。お願いっ」

必死の目を向け、叫ぶように言う。わたしは三沢先生を見つめ、どうすべきか考えた。

本庄さんが苦しそうにあえぐ。

「本庄さん。マスクをつけましょう」

時間稼ぎをするようにマスクをあてがい、空気が洩れないようにゴムバンドを調整する。

しかし、本庄さんは興奮していて、うまく器械と同調できない。

「本庄さん、力を抜いて。自分で息をしようとすると、よけいに合わないから」

前に三沢先生がしたように、両手でマスクを顔に押し当て、空気が洩れないようにした。本庄さんが長めの息を吐き、そこからうまく器械に呼吸を合わせた。

「とにかく、落ち着きましょう。はい、吸ってぇ、吐いてぇ」

少しでも気持を逸らすように、わたしは息のリズムを取った。三沢先生は、何と答えるつもりか。

先生は唇をきつく結び、厳しい目で本庄さんに上体を近づけた。

「本庄さん、ご主人は本庄さんのお気持を、ご存じなのですか」

わずかに首を振る。マスクをはずす合図。

「主人が、知ったら、悲しむ。だから、内緒で」

それだけ言って、すぐマスクを着ける。三沢先生はじっと唇をかんでいた。

本庄さんの状態は、どう見ても限界だった。関節の痛みだけでなく、背中や腰に床ずれもできかけていた。筋肉は麻痺しているのに痛覚は正常で、今にも破れそうな皮膚が火傷と同じ痛みを伴っていた。全身のだるさは消しようもなく、寝返りも打てない本庄さんは一瞬たりともその苦痛から解放されない。そのうえ一息ごとの呼吸に必死の苦労を強いられる。

この苦しみを乗り越えれば、やがてよくなるというのなら、耐える意味もあるだろう。しかし、あとは病気が悪くなって、その先には死しかないのだ。命は何より尊いけれど、この苦しみだけの命を引き延ばすことに大義はあるのか。こんなに苦しんでいる本庄さんから、安楽死を求められて、ほかに苦痛を止める手立てもないのに、それを拒絶して良心は痛まずにいられるのか。

わたしはどうしようもない思いで、三沢先生を見た。もし本庄さんを安楽死させるなら、麻酔剤で眠らせてから、筋弛緩剤で呼吸を止めることになるだろう。あるいは、眠らせたあと、塩化カリウムの注射で心臓を止めるか。いずれにせよ、違法行為だから、よほどのことがないと実行できない。しかし、本庄さんの場合は、その〝よほどのこと〟に十分、当てはまるのではないか。

三沢先生は大きく息を吸い込むと、苦しそうに言った。

「本庄さん。今の日本では、安楽死は許されないんです。でも、本庄さんがつらいのもわかってます。何とか考えますから、少し時間をいただけませんか」

いったいどう考えるというのか。

本庄さんがまたマスクを取る合図をした。

「三沢先生。頼みます。先生しか、頼める人が、おらんの」

それだけ言って、本庄さんは力尽きたように目を閉じた。

帰りの車の中で、三沢先生は無言だった。わたしも口を開けなかった。

クリニックにもどったあと、三沢先生は一ノ瀬先生に、本庄さんから安楽死の依頼があったことを告げた。いつもとちがう思い詰めたようすだった。一ノ瀬先生も経過を知っているから、ある程度は予測していたようだ。

「で、三沢君はどうするつもり」

「はい。あの、やっぱり、本庄さんを楽にしてあげるには、安楽死しかないんじゃないかと」

わたしは息を呑んだ。さっき、日本では安楽死は許されないと言っていたのに、車の中で決意を固めたのか。意表を衝かれた思いだったが、それも致し方ないかもしれない。あの苦しみ、あの必死さを前にして、だれがその願いを拒絶できるだろう。

「ご家族は納得してるの」

「いえ。ご主人には内密にしてほしいそうです。できるだけ悲しませたくないというのが、本庄さんの希望みたいで」

「それなら、ご主人に内緒でというのは、よけいにまずいだろう」

一ノ瀬先生は腕組みをして唸り、補足するように言った。「あとで事実を知ったら、きっと激しく後悔するから」

「でも、ご主人に相談すれば賛成しないでしょうし、このままだと本庄さんが苦しむばかりで、とても見ていられないんです。心を石にしなければ、診察を続けることはできません」

珍しく三沢先生の声が尖った。先生は本気なんだと、わたしは胸を衝かれた。

世間では安楽死や尊厳死に否定的な人もいる。だが、救いようのない患者と相対している医療者は、机上の空論やきれい事を弄《もてあそ》ぶわけにはいかない。一ノ瀬先生も当然のことながら、安楽死を一概に否定したりはしない。しかし、安楽死はいったん行えば取り返しがつかない。慎重にならざるを得ないのは当然だ。

一ノ瀬先生がゴーサインを出すのか、それともストップをかけるのか。わたしは固唾《かたず》を呑んで答えを待った。

「安楽死するにせよ、しないにせよ、どちらにもいい面と悪い面があるからね。取り敢えず、セカンド・ベストを選ぶという道もあるよ」

三沢先生は怪訝そうに眉根を寄せた。

「セカンド・ベスト？　どうするんです」

「安楽死はさせないけれど、苦しみは取ってあげるのさ。ヘビーセデーションで」

セデーションとは鎮静剤で落ち着かせることだ。ヘビーというのは、ふつう以上の量で意識を取ってしまうことを指すのだろう。

「でも、在宅では、ドルミカムとかは使えないでしょう。錠剤だと十分な効果は得にくいでしょうし」

三沢先生は病院で使うセデーションの注射薬をあげて、難色を示した。

「錠剤を多めに使えばいいさ」

「でも、危険じゃないですか」

「それは仕方ないだろう」

一ノ瀬先生のアドバイスに従い、三沢先生は通常なら最大三ミリグラムで使う錠剤のデパスを、六ミリグラムで処方した。これを胃ろうから入れれば、小柄な本庄さんならすぐ意識を失うだろう。呼吸停止の危険はあるが。


安楽死の要求があった翌週は、政孝氏も診察に同席してもらった。ヘビーセデーションをする前に、政孝氏の了承を得ないわけにはいかないからだ。

三沢先生は、ベッドの横で顔を伏せている政孝氏に言った。

「奥さんは痛みとだるさが強く、モルヒネだけでは十分な効果が得られなくなっています。意識があると苦しみが消えないので、どうしてもつらいときは、鎮静剤を加えて意識を取る方法を考えました。眠れば、苦痛も感じませんから」

そこまで言って、先生は一拍、息を詰めた。

「ただし、通常よりかなり多い量を使いますから、副作用の危険があります。場合によっては、この治療のために、命を縮めてしまうかもしれません。そのことを、あらかじめ了解していただきたいのです」

政孝氏が深刻な表情で訊ねた。

「薬の量は、減らせないのですか」

「減らすと意識は消えないでしょう。苦痛が強すぎますから」

本庄さんがマスクを取ってほしいと合図をした。

「わたしは、それで、いい。楽に、して」

「そうだな。そのほうがいいな」

政孝氏があきらめたようにうなずく。

「では、最初の投与はぼくがやります。薬は錠剤を粉末にしてありますから、少量の水か白湯《さゆ》に溶かして注入してください」

デパスを水に溶かしてから、専用の注射器を胃ろうのチューブに接続した。

本庄さんが、何か思い出したように口を開いた。マスクを取ると、慌てて言った。

「朝、来る、ヘルパーさんにも、よう説明、しといてね。薬が効きすぎて、びっくりしたら、あかんから」

ヘルパーが来たとき、意識がない本庄さんを見て、死んでいると勘ちがいするといけないという配慮だった。これほどの苦しみに苛まれながら、まだヘルパーへの気遣いを忘れない。本庄さんはなんと立派な人なのだろう。

「じゃあ、いいですか」

三沢先生が薬を入れると、本庄さんはほどなく意識を失った。苦痛に歪んでいた表情が緩み、静かな顔つきになる。それでも、とても安らかとまでは言えない。

帰り際、政孝氏が玄関まで見送ってくれた。三沢先生が靴を履いている間、わたしが訊ねた。

「お母さまはいかがですか」

「はい。おかげさまで、今のところ落ち着いています」

「それはよかったです」

三沢先生が顔を上げると、政孝氏は緊張しながら訊ねた。

「実は、あれからいろいろ考えて、三千子を自宅で看取ってやろうと思うのです。ご面倒をおかけしますが、お願いできますか」

「もちろんですよ。よくご決心されましたね」

三沢先生が自分のことのようにうれしそうな声を出した。

「迷いましたが、家内がそれを希望しているので。どうぞよろしくお願いいたします」

政孝氏は唇を震わせ、膝をつかむようにして頭を下げた。

年内の診察は、これで終わりの予定だったが、念のために二十九日に臨時でようすを見に行った。このときも年末休暇を取った政孝氏が家にいた。

へビーセデーションはまず順調のようだった。本庄さんは苦しみを免れているが、ほとんど眠り続けで、もちろん、ご主人との会話もできない。

三沢先生はベッドサイドで本庄さんを見つめる政孝氏に言った。

「大晦日《おおみそか》でもお正月でも、何かあったらいつでも連絡してください。遠慮しなくていいですから」

「よろしくお願いします」

政孝氏は疲れたようすで頭を下げた。

年末年始、本庄さん宅から臨時の連絡はなかった。

一月五日、年明け最初の診察日。マンションに行くと、本庄さんは眠っていたが、政孝氏が付き添っていた。

「先生が診察に来られるまで起きていたいと言ってたんですが、どうにも辛抱しきれず、さっき、デパスを入れました」

政孝氏は申し訳なさそうに言いながら、明るく続けた。

「でも、正月三が日は調子がよくて、ずっと薬なしで過ごせたんです。モルヒネも増やさなかったので、意識もはっきりしていて」

「そうなんですか。それはよかった」

「おかげさまで、いい正月が迎えられました。久しぶりに、いろいろ、思い出話もできて……」

政孝氏は言葉を詰まらせた。「すみません」と言って、目頭を押さえる。

デパスなしで三日も過ごせたなんて、まるで奇跡だ。

今年の正月は、三日ともよく晴れて、一月にしては暖かく穏やかだった。南向きのこの部屋は、さぞかし明るかったことだろう。本庄さんと政孝氏は、かけがえのない時間を過ごしたにちがいない。

あのとき、三沢先生が安楽死の依頼を受け入れなくて、ほんとうによかった。十二月に実行していれば、正月のこの喜びはあり得なかった。最後まで苦しんで、苦しみ抜いて安楽死をしたという、つらい記憶だけしか残らなかっただろう。これが安楽死の恐ろしいところだ。

いったん実行してしまうと、あとの可能性をすべて無にしてしまう。

「つらいときは、どうぞデパスで休ませてあげてください。気分のいいときに、お二人でゆっくり過ごされたらいいです」

わたしは心から祝福する気持で言った。

「ありがとうございます。先生と看護師さんたちのおかげです。ほんとうによかった」

政孝氏はそう言って、眠っている本庄さんを見つめ、慈しむように髪を撫でた。

マンションを出てすぐ、わたしは三沢先生に言った。

「早まらなくてよかったですね。一ノ瀬先生はやっぱりすごい。一ノ瀬先生の提案は、セカンドなんかじゃなく、正真正銘のベストですよ」

「そうだね」

三沢先生もほっとしたように微笑んだ。

クリニックにもどってから、同じことを一ノ瀬先生にも言った。しかし、一ノ瀬先生の反応は冷ややかだった。

「正真正銘のベスト？　そうだろうか」

「だって、十二月に安楽死をしていたら、正月の喜びはなかったんですよ」

一ノ瀬先生はなぜか返事をしなかった。

ドラマや小説なら、ここで物語は終わるのだろう。耐えがたい苦しみを乗り越えて、安楽死をせずにおいてよかった。頑張ったおかげで、こんないい正月が迎えられたと。

だが、現実はそんな生やさしいものではない。

本庄さんが亡くなったのは、それから三カ月後だった。その間の苦しみの日々を、わたしは今、思い出したくない。

しかし、それでは自分の非を隠すことになる。医療者として許されないことだ。

意識がもどるたびに、「苦しい、もう終わりにして」と繰り返していた本庄さんに、三沢先生とわたしは、虚しい希望で忍耐を強いたのだ。我慢していたらもう一度、正月のようないい時間が過ごせるかもしれないと。

その罪の重さ。命を尊んで、安楽死を拒否したのだと、自己正当化などできるはずもない。

本庄さんは、最後はデパスを二〇ミリグラム、モルヒネを二五〇ミリグラムに増やしても、部屋中に響く呻き声をあげ続けた。

それが途絶えたのは、苦しみに力尽きて、呼吸が止まったあとだった。

死後処置のとき、苦悶《くもん》し続けた顔は仮面のようになり、腕も脚も小学生のようにやせ細っていた。

――苦しめてばかりで、ごめんなさい。

わたしは本庄さんの遺体に綿をつめながら、胸の内で謝った。三沢先生も同じ気持だっただろう。

今から思えば、正月三が日を過ごしたすぐあとに、安楽死をさせてあげるのがベストだった。しかし、あのとき、そんなことがわかるはずもない。医療の不確定さとは、そういうものだ。

ちまたでは、医療ドラマや小説が流行している。心温まるストーリーや、名医が登場したり、感動的だったり、すべて予定調和だ。フィクションならそれでいいのかもしれない。だが、現実を知っているわたしには、とても受け入れられない。そんな絵空事で、いい気持になっていていいのか。医療の現場では、多くの人が耐えがたい苦痛にあえぎ、理不尽な悲しみに襲われているというのに。

本庄さんの死後処置を終え、用意された経帷子を着せて、手を合わせた。

「ご愁傷さまでした。お力になれませんで」

三沢先生が政孝氏に一礼する。先生も在宅の看取りに少しは慣れたようだ。

帰りの車の中で、わたしは沈黙を続ける先生に訊ねた。

「三沢先生、先生は前に、患者さんと触れ合うのが好きだとおっしゃってましたが、今でもそうですか」

「うん?……」

それきり、先生は答えなかった。

やめるか、心を石にする以外にない仕事。それでも、医療を待っている患者さんたちがいる。彼らを見捨てるわけにはいかない。

ときには、症状がよくなったり、痛みが軽くなったりして、喜ぶ患者さんもいる。上手な説明や、慰めの言葉で、ほっとする人もいる。だから、わたしたちの仕事は、まったく無意味というわけではない。そう思わなければいられない。

わたしは三沢先生に、この仕事をやめずにいてほしかった。それなら、わたしもやめるわけにはいかない。

うまくいかないことがあっても、苦しみと悲惨に心が折れそうになっても、目を逸らさず、精いっぱいのことをしなければならない。

現実は、止まらないのだから。

# あとがき

この本は、私の十冊目の小説となります。

これまで、小説にあとがきを書いたことはありませんが、この連作はほかの作品とやや趣を異にしますので、少し解説めいたものを書いておきます。

私はもともとは外科医ですが、三十代のはじめに外務省の医務官という仕事に就き、海外の日本大使館（サウジアラビア、オーストリア、パプアニューギニア）に赴任したあと、老人医療の世界に入りました。そして二〇〇一年から一四年まで、この小説に登場するような在宅医療のクリニックで、非常勤医師として勤めました。

この本に書いた連作は、ほぼすべて実話に基づいています。

もちろん、患者さんのプライバシーには十分配慮し、舞台や病名、年齢なども変えていますが、セリフや心情の一部は実際の通りです。だから、どの作品もあまりハッピーな終わり方にはなっていません。

プロットには多少、フィクションも加えましたが、現実にあり得ない展開はなるだけ避けました（第五話は別ですが）。登場する医師は、三沢も一ノ瀬も、半分は私自身であり、残りの半分はフィクションです。勤務したクリニックには、ほかの医師もいましたが、彼らをモデルにしたわけではありません。語り手を含む三人の看護師、事務員も同様です。

在宅医療のクリニックに勤務した十三年間に、私は四百人以上の患者さんを診察しました。その多くの方が、すでに亡くなっています。この連作のモデルになった方々も、若い一人を除いて、全員、十年以上前に他界しています。

実際の患者さんの死を小説にすることは、いろいろな問題があるでしょう。死は、そのままそっとしておくのがよいのかもしれませんが、かけがえのない人の死を、何らかの形で残したいという気持もあります。自分が関わった人の死が、そのまま消え去ってしまうことに、私は忍びない思いを抱いていました。

死は不条理で冷厳で、病気は残酷です。何の落ち度もない人に襲いかかり、罪なき人を翻弄し、うろたえさせます。当事者はその中でもがき、苦しみ、精いっぱい生きようと努力します。その姿は哀しく、切なく、ときに感動的です。

私は非力な医師として、何の力にもなれませんでしたが、病気と闘った人々の姿を、何とか書き残したいと思っていました。
作品のモデルになっていただいた方々を含め、私が関わった多くの患者さんの死に、心から哀悼の意を表します。

末筆ながら、本作は実業之日本社の文芸編集長、関根亨氏の熱心な支援のおかげで、書き上げることができました。
関根氏に深く感謝申し上げます。ありがとうございました。

二〇一四年　八月十日

久坂部　羊

# 文庫版あとがき

本作は私の在宅医療の体験に基づいた小説ですが、文庫版にするにあたり、改めて読み直してみると、小説というよりノンフィクションのような感じがします。記憶がよみがえり、複雑な思いが込み上げ、深いため息を洩らさずにはいられません。

ここに書いた以外にも、いろいろな患者さんに巡り会い、さまざまな感慨を得ました。稀有なほど立派な最期を遂げた人に感銘を受けたり、居たたまれないほど悲惨な状況に涙を禁じ得なかったり、驚くほど仲の悪い夫婦にあきれたり……。うまく看取れなかった人、あっという間に亡くなった人のことなども思い出され、しばし茫然となりました。

読んでいただいて、こんなことを申し上げるのは気が引けますが、医療にはほんとうにつらい場面が多い。もちろん、喜びや感動もありますが、現場では厳しい現実に直面することが少なくないです。特に在宅医療は、治らない病気や老いを相手にし、最終的には死を支えることが仕事になるので、基本的にハッピーエンドはありません。せいぜい、うまく死ねてよかったなと思えるのが関の山です（それはそれで喜びもありますが）。

当たり前のことですが、だれでも日一日とその日に近づいていくのだから、あらかじめ情報を仕入れておくことは無駄ではないでしょう。暗い話ばかりで恐縮ですが、やがて訪れる最期に備えるために、少しでも参考になれば著者としてそれ以上の喜びはありません。

単行本は『いつか、あなたも』のタイトルで、実業之日本社から出してもらいましたが、文庫版はタイトルを『告知』とし、幻冬舎から出してもらうことにしました。理由は私の個人的な事情によります。了承してくれた元実業之日本社の関根亨氏、文庫化を引き受けてくれた幻冬舎の志儀保博氏に感謝いたします。

二〇一八年　八月一日

久坂部　羊

# 解説——終末期医療の伝えきれない真実に寄り添う

南 杏子

あー、素晴らしすぎる！　おー、困った！

単行本の刊行時、本書を書店で見つけてすぐさま購入し、その日のうちにむさぼり読んだ。読後の偽らざる心境が、「素晴らしい」と「困った」だった。

当時の私は、二〇一六年に出版に至ったデビュー作である医療ミステリー『サイレント・ブレス　看取りのカルテ』の第一稿を書き上げたばかり。在宅医療をテーマにした小説で、しかも医療者の視点からエピソードが語られ、章ごとに違う患者が登場するという連作形式まで似ていた。ましてや、著者の久坂部羊氏（私には久坂部先生と呼ばせていただくのが自然だが）は、お目もじにあずかってはいないものの、医師としても、作家としても、大先輩にあたる。これじゃあ、私の作品はまるで二番煎じみたいだ、と青ざめた。『サイレント・ブレス』を執筆する前に読んでいたら、とても書き上げる気が起きなかったかもしれない。つまり、私は作家にはなれなかったと思う。気づくのが遅れて本当によかった——そんな風に思ったのは、医師になって初めての経験だった。それほど、本作には打ちのめされた。

久坂部氏は、これまでの医療小説には見られなかった切り口で、医療のさまざまな問題を鋭く切り取って見せてくれる作家だ。

麻痺で動かなくなった手足を切断する医師を登場させた問題作『廃用身』（幻冬舎文庫）で二〇〇三年にデビューし、医師とがん患者の溝と和解を描いた『悪医』（朝日文庫）で第三回日本医療小説大賞を受賞。さらには大学病院の権力争いを戯画化した『院長選挙』（幻冬舎）や、短命のＤＮＡを受け継ぐ医師の一族を物語にした『祝葬』（講談社）など、その作品世界はとてつもなくバラエティに富んでいる。

とかく医療というと、極限状況下の救命救急や天才外科医の活躍といった派手でストレートな話がテレビをにぎわす。一方で、本作の舞台となった在宅医療の現場は、リアルではあるものの、とても地味だ。だが、そうしたリアルな現実にこそ現代医療の本質が隠れていると、本作を手にした読者は教えられることだろう。

単行本時のタイトル『いつか、あなたも』が象徴するように、誰にでも起こりうる話だからこそ、読み手はさまざまなことを考えさせられ、自分自身の問題としても興味が尽きなくなる。そう、「あなた」は、病を得て患者になった人かもしれないし、患者を見守る家族の一員かもしれないし、患者の治療に手を尽くす医師かもしれない。そんな「あなた」をつかんで離さないのが本作なのだ。

さて、久坂部氏はもともと外科医、麻酔科医として研鑽をつまれた。さらに外務省の医務官としてサウジアラビア、オーストリアなど海外で活躍され、その後は高齢者医療、在宅医療に携わってこられた、と仄聞《そくぶん》している。氏の作品を読んでいると、小説のおもしろさを堪能できるだけでなく、先輩医師による専門的な指導を受けたかのように医学の知識が身につき、得した気分になる（久坂部氏が大学で長く教鞭をとられている事実にも、大いにうなずける）。それこそが経験のなせる業だろう、医療に対する世界観が広く、問題意識は深い。そして鋭い洞察力は、在宅医療を扱った本作にも遺憾なく発揮されている。

単行本のあとがきにご自身で述べられているように、氏は在宅医療に十数年携わった経験をもとにこの作品を書き上げた。本作を成す六つの物語に登場する患者さんたちには、それぞれモデルが存在するそうだ。作品を通して、ホンモノの患者に向き合ったような気にさせられるのは、書き手の意図通り、患者と対峙する医療の現場が高いリアリティで再現されているからだ。

医療者側の「舞台裏」とも言える、医師の物の見方を読者の前に惜しげもなくさらし、問題が起きるたびに医師がどのように考え、どういう処置をしたのかが、つまびらかにされる。自分が担当医だったらどうしたか、どうすべきだったのか、とつい考え込んでしまう。そう考えた時点で、「あなた」は本作の作品世界に否応なく取り込まれてしまうのだ。

その貴重な「症例」——六つの物語をひとつずつ見てゆこう。

「綿をつめる」
東京・世田谷の「あすなろクリニック」で働く中嶋看護師を視点人物にすえ、新米の三沢医師が一ノ瀬院長のもとで在宅医療を学んでいくという大きな構成が見えてくる。自宅で亡くなるとはどういうことなのか？　在宅医としての長い経験に裏打ちされたリアルな描写から、読者はこれから始まる物語の舞台について理解が深まる。

特に、ご遺体のエンゼルケア（逝去時ケア）の場面は驚くほど詳細に語られている。人が死んでいくときの臭いまで漂ってくるほどで圧巻だ。まごつく三沢医師の横で、見事な手際を示す中嶋看護師。彼女の処置で、ご遺体は綿をつめられ、美しい姿を取り戻していく。看護師の仕事の苦労や尊さを十分にリスペクトする著者の目線が生きているのだ。

物語からは、患者の尊厳を大切にすることが医療の本質であるという温かな主張が伝わってくる。

「罪滅ぼし」

アルツハイマー型認知症の妻を抱えた夫の話である。サラリーマン時代に仕事一筋だった夫は、病身の妻に対して虐待まがいのケアを続けていた。しかし、ここでも大きな力を発揮する中嶋看護師や三沢医師らの訪問を受けるうちに、不慣れながら介護に情熱を注ぐようになり、同時に妻への思いに目覚める。

そんなある日、妻に悪性の血液疾患があると判明する。入院治療の適応がないとする病院側と、入院を希望する家族や在宅医療者の心情の対立が鮮やかに浮かび上がる。医療においては画一的な方針などないのだと教えられるケースだ。どちらが正しいとは言い切れない。この物語を通じて読者は、在宅医療とは看護師や医師と患者の家族がとことん向き合うことでもあると知るだろう。

「告知」

私自身のささやかな経験でも、告知は大きな迷いと葛藤にさいなまれる問題だ。この章に至ったとき、私はクリニック院長の一ノ瀬医師を、いや、書き手である久坂部氏を先輩医師のように思いながら読んでいた。真の病状を告知されたくない末期がんの患者が医師に、「先生、わたしの病気は、治りますかな」と尋ねたとき、医師はどう答えればいいのか。終末期の患者に寄り添う医師の真髄を見ることができる。

この物語のすごさは、それだけにとどまらない。「自然に任せるって、結局、何もしないということじゃないですか」と問う看護師に対し、一ノ瀬医師が「案外、それがむずかしいんだ」と答える場面がある。つまり、あえて医療的な処置を施さないという判断は、終末期医療の経験を積んだ医師だからできるのだ、と高らかに宣言している。その自信こそが、これからの在宅医療の方向性を決めるのだと思い、心を熱くして読んだ。

「アロエのチカラ」

サプリメントなどを含めた健康食品の売り上げが好調だという。医療不信から健康食品への過度な依存が進み、治療の時期を失うという弊害も指摘される。そうした医師と患者の対立構造は、久坂部氏の『悪医』でも描かれている通りだ。この物語でも、同様の確執が見られる。患者はもちろん家族も真剣なのだが、どこかユーモラスに表現されているのが救いだ。「医者は病気を治すのが仕事だろ。それができないくせに、方針もへったくれもないってんだ」という家族のセリフは、医療者全体の胸に突き刺さるだろう。治せない病気を前に、サプリメントや代替医療をバカにする資格など、医療者にはない。もう治らないとわかったとき、患者を見守る家族の、ささやかだが強い希望にどう応えればいいのか？　アガリスクが、フコダインが、キノコが、アロエが、それらが徐々に祈りの結晶であると感じられ、切なくなる。

「いつか、あなたも」

一生懸命に手を尽くす医療者に、時として心ない言葉を投げかける患者がいる。それが、どれほど医療者を苦しめているかについてはほとんど知られていない。病気との闘いで患者が精神的に追い詰められていることは理解していても、つらくなる。医療者も人間なのだ。

患者が医師に恋愛の妄想を抱く、はたまた、その逆に、患者が医師を恨む——実際の医療現場で起きうる、解決の難しい問題に切り込んだのがこの一編だ。ホラー要素たっぷりでぞっとさせておいて、最後はほろりとさせて落とす。

「セカンド・ベスト」

　現代の医療において、本文中にある「命を救いさえすればいいという考えは、必ずしも通らなくなっている」という一文の意味するところはとても大きい。

　この物語で取り上げたALS（筋萎縮性側索硬化症）で起きた問題は、高齢者医療全体にも通じる。ALSになると、徐々に動けなくなる。食事はおろか、最後には呼吸さえも困難になる。本編で五十八歳の女性ALS患者が、「身体は動かんでも、心は、自由やから」と吐露するシーンは胸を打つ。こうした患者の宝物のような言葉を聞く機会は、医師であってもそう簡単に得られるものではない。

　物語は安楽死をめぐる問題になだれ込んでいくが、結末には慄然とさせられる。それも、事実に基づいているからこその顚末だろう。

　単行本時のあとがきで著者は、「病気と闘った人々の姿を、何とか書き残したいと思っていました」と記している。久坂部氏が医療現場で重ねた人々との出会いと別れ、そして医師としての感慨が伝わってくる。

　終末期医療には、一般の臨床現場における症例報告では伝えきれない要素があると、私自身、日々の診療から感じていた。そうした終末期医療の深層へ手を静かに沈め、貴重なエピソードをていねいにすくい上げて作品にされたところに、久坂部氏の誠実さと気高い姿勢が浮かび上がる。

病に倒れた大切な家族が退院を果たした翌朝、自宅玄関のインターフォンが鳴る。私はそこに、あすなろクリニックの中嶋看護師と一ノ瀬院長を迎えたい——さあ、今度は「あなた」が本作のページをめくる時間だ。

——作家・医師

この作品は二〇一四年九月実業之日本社より刊行された
『いつか、あなたも』を改題し、加筆・訂正したものです。

# 告知《こくち》

久坂部羊《くさかべよう》

平成30年10月10日　初版発行
平成30年10月25日　2版発行

発行人――石原正康
編集人――袖山満一子
発行所――株式会社幻冬舎
〒151-0051東京都渋谷区千駄ヶ谷4-9-7
電話　03(5411)6222(営業)
　　　03(5411)6211(編集)
振替00120-8-767643
印刷・製本―株式会社　光邦
装丁者――高橋雅之



幻冬舎文庫

ISBN978-4-344-42791-4　C0193　く-7-8

幻冬舎ホームページアドレス　http://www.gentosha.co.jp/
この本に関するご意見・ご感想をメールでお寄せいただく場合は、
comment@gentosha.co.jpまで。